U0123337

管管百分百詩選

燙一首詩送嘴，趁熱

目次

輯一　太陽煎蛋

輯二　燜熟離騷

輯三　三味書屋

輯五　清蒸黃昏

輯一

太陽煎蛋

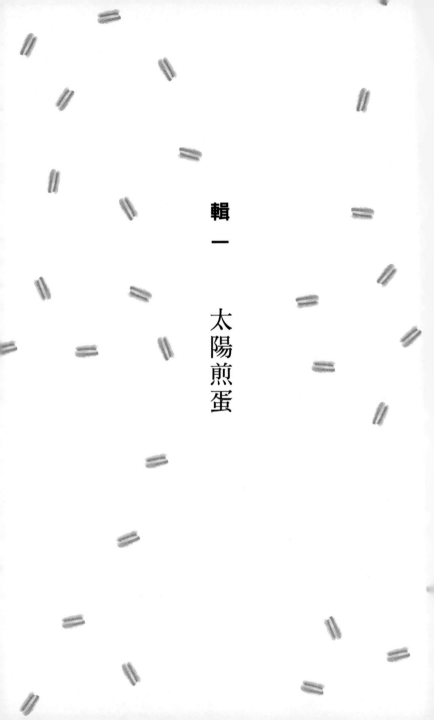

第一滴春雨

吾就是要等屋簷上最後一滴春雨滴到
吾的硯台上開始磨墨寫字你猜吾寫的是什麼字
可是這滴春雨卻被一隻蟾蜍給喫了
蟾蜍說他要潤潤嗓子待會他要上台唱歌
不好聽是你的事唱不唱是吾的事
先生你到底要寫的是啥個字
吾想了想還是不告訴你比較美麗
先生你太那個……

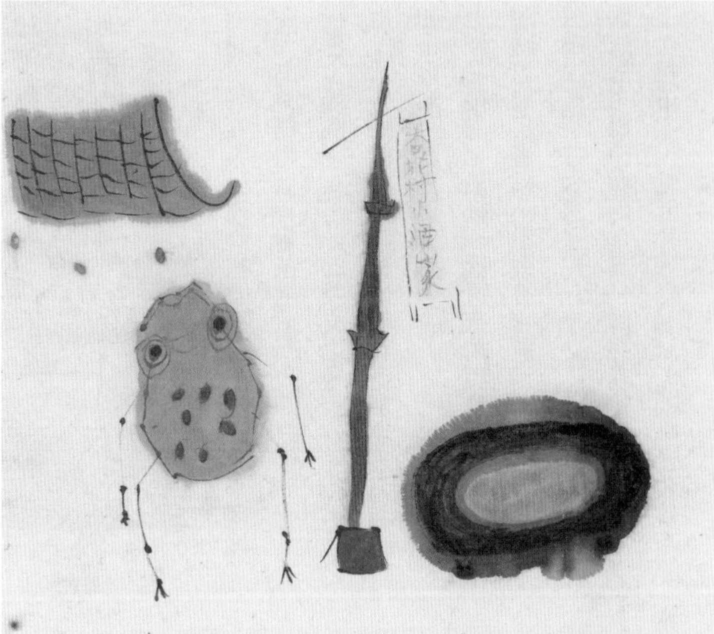
杏花村酒家

燙一首詩
送嘴，趁熱

茶館老調

泡淡了的昨天已經到在門邊那一盆曇花一現裡了
今天的茶剛泡上，等茶泡上幾隻菸之後
再沖上幾嘴別人是非的雜文之後
上午那杯茶就泡得沒有什麼味道了也乎哀哉
如果再泡那就是下午茶了
上燈之後泡上最後一泡這茶，菸是抽了不少
閒話也泡了滿杯，不丟沒味道
丟嘛又覺得好像丟了點什麼？
到底丟了點什麼呢？又一時想它點兒不起
下次啊下次，就泡杯咖啡試試，咖啡比較快！

刊載二〇一〇年十二月二十九日《聯合報》

故宮的青草

故宮青磚縫長出的青草，不知是第幾代的青草。他們的祖父的祖父的祖父的祖父，被燕王朱棣踩過，被萬曆踩過，被魏忠賢踩過，被崇禎踩過，被吳三桂踩過，被康熙踩過，被乾隆踩過，被李鴻章踩過，被光緒踩過，被慈禧踩過，

被李蓮英踩過，被宣統踩過，被康有為踩過，被胡適踩過……

他們都已經死了呢。青草們還活著。

可是活著要幹什麼？那麼死了又幹了什麼？

刊載二〇〇八年二月二十八日《聯合報》

鞦韆牡丹

丟下鞦韆不管那枝牡丹走後
一匹狗子先嗅一嗅鞦韆坐板
伸腿就在坐板上尿了一尿
（這個畜牲還會這個）
其實，牠只是嗅一嗅
坐在鞦韆上的月亮
是否剛剛出爐的燒餅

刊載二〇〇九年七月二十四日《聯合報》

太陽煎蛋

太陽在西山煎了一個煎蛋
黃昏吃飽以後
就帶著一群白鷺下山了
還順便捻亮東天那一盞燈
也幫小和尚敲了幾下西來寺的晚鐘
又驚走了竹林裡那隻貓頭鷹
還驚醒了山村裡那一盞一盞的燈

刊載二〇〇九年九月七日《聯合報》

燙一首詩
送嘴，趁熱

情詩

情詩是螞蟻呢
不能寫，寫出來
怕螞蟻爬得您周身都是
有點殘忍的，是不？

風箏

把自己當一隻風箏放出去
線麼就放在自己手裡吧？
雖然有點兒風？可能下點兒雨

二〇〇四年《創世紀》夏季號
入選二〇〇四年《台灣詩選》

秋冬之天

開窗本想買一點野氣充飢。

萬萬未曾料到一群樹葉穿著幾件黃風衣，手裡拿著幾片涼麵包，硬是登堂入室。有些還以偷兒行徑越窗而入，如三十年代那些穿風衣的捉人的特務！

說是之所以提前拜訪閣下，只是帶幾隻禽流感野味要我老人家提前嘗鮮佐酒，我還以為是陽澄湖的毛蟹。

還順便提醒我趕早囤積一些紅葉牌衣衫，雪來時也好救救那些獨釣寒江雪的老鴉。最要者，趁著陽光價錢還便宜，多去收購幾個貨櫃，等雪一來，就去分給窮人當紅薯吃。

因為冬天一到，陽光就會抬高價錢，氣得窮人們直打哆嗦，陽光是奸商！

陽光年年都是如此，官商勾結專做壟斷生意！怎麼這般大膽呢？因為陽光是專賣，別無分號，只此一家也，管得住老子？

所以當年羿射九日的政策，是否該檢討一下？說不定羿會拿到冤獄賠償金呢？

這要看立法諸公的嘴臉了。

刊載二〇〇七年四月七日《聯合報》

東埔之梅

還沒看到梅，梅花卻提前飛進我們的鼻子裡。

不可以打噴嚏；一打噴嚏就會有梅花自鼻孔裡噴出來，噴在地上跌的梅花一直叫痛，噴到天空的梅花就一直叫著在坐雲霄飛車，其實像下雪。

噴到身上的那就一襲梅氅了。

來到梅林，我們才知道，原來我們是掉進一個梅花大酒缸裡，怪不得身上都有梅酒味！

不管你會不會飲酒，不會飲的一飲便醉，會飲的就醉得從唐朝到宋朝了。

才知道林和靖這廝，為什麼要娶梅當太太！

刊載二〇〇七年一月二十七日《聯合報》

俺說

1

俺不說
後浪當然推著前浪
前浪又推著前浪
推到了沙灘，洶湧死了
推到了岩岸，澎湃死了

只剩下一些泡沫
一些被招潮蟹吃的泡沫

燙一首詩
送嘴，趁熱

你浪什麼浪呀，
眼看塔樓塌了

2

俺說
這裡靜得能聽到
陽光在牆上走動的，鑼聲
螞蟻在老松上銜枚疾走的，
鼓聲
粉蝶翅膀搧動的，旋風

這兒靜得能聽見
阿富汗大佛的崩塌聲

3

俺說

小河就在

亂石藻荇間

秉筆寫他的師父

張旭懷素

還隨口哼著梨園，曲

一位鷺鷥站在身邊

不住點頭讚許

4

俺說

黃昏

自荒寒的禪寺
鐘聲裡
一步一響的
走進老僧的
袈裟裡

山門外的
月亮等著入寺

5

俺說
一個人
燈下獨坐
前青海

左西藏
右祁連
圍著吾

燈下獨坐
一個人

寂寞

天地
寂寞

天寂
地寞

燙一首詩
送嘴，趁熱

6

俺說
風景站在橋上看你
橋站在你上看風景
你站在風景裡看橋
橋站在風景裡看你

你在樓上看風景人
風景人看你在樓上
看你在樓上風景人
樓上風景人看卞之琳

刊載二〇〇七年《乾坤詩刊》冬季號四十四期

俺不說

俺不說
走到窮處
俺作為水的就飛跳不可
不到懸崖不會知道
破的感覺

飛的感覺

羽化的感覺

燙一首詩
送嘴，趁熱

色即是空空即是色的感覺

·

俺雙肩挑著歲和月家和國
漸漸多的壓彎了腰
那就丟掉扁擔
抱著自己走好了

·

俺說
一個人
燈下獨坐

前青海

左西壁
後戈壁
右祁連
圍著吾

燈下獨坐
一個人
寂寞

天地
寂寞

・

俺
說

燙一首詩
送嘴，趁熱

黃昏
自荒寒的禪寺
鐘聲裡
一步一響的
走進老僧的
袈裟裡
坐禪

山門外的
月亮
正在等著入寺
誦經

·

俺說
你的腳答應一定陪鞋子回家才不會失眠
吾只好在你鞋前給你鋪好一張鞋子最愛的月光牌地氈
就讓吃不到你親不到你抱不到你坐不到你的死鬼車子

刊載二〇〇八年六月《創世紀》一五三期
入選二〇〇八年《台灣詩選》

青苔

楓樹身上田田田田的墨荷
是久雨所生的青苔

「問那粉紅的荷花呢？」
「是開在蒲留仙星空下打開的
木刻版本的聊齋裡正從書葉上
一枝
一枝
婀娜的走來！」

「別怕！相公，
我是小女荷花。」

刊載一九九四年一月二日《中國時報》

洗碗

——念周鼎

飯後洗碗，是老公的事，
不是男人的事，更不是大丈夫的事！

大丈夫應是，蹺著二郎腿，喝太太泡的茶，
看看電視，罵罵政治，才是大豆腐一家之ㄓㄨ的天職！

請問在外作戰一天，經常帶傷回朝，
您好意思，不讓朕喝杯苦茶療傷止痛乎？

當然有時皇后也會替我洗碗，

也是讓我好好休息一下再上前線作戰！

其實，洗碗也是一種兵棋操練，我該先集中兵力打一仗再說。

豈知一不小心，啪啦一聲，
一個碗陣亡了，

親愛的皇后別緊張，打碎的碗，
就當我拿碗在演習作戰！況且作戰怎麼能不打碎碗？

您放心，你那只「雨過天青」宋瓷，
我沒敢讓他下海作戰，我請他做壁上觀。

作戰哪會不打碎幾個碗？碎幾個碗盤沒啥子關係，
只要元帥不死，就算勝戰！放心，

燙一首詩
送嘴，趁熱

皇后！我會格外小心，
小心不要打碎碗，更不會打碎你老人家雨過天青的瓷碗！
皇后！
千歲！

刊載二〇〇八年四月二十八日《聯合報》

「長頸鹿」「透支的足印」

——送商禽展翅

終於
那個「年輕的獄卒」已經帶著「囚犯們」逃出人間的監獄不再去「瞻望歲月」鬼兒子的容顏了。
他給他以及他的「囚犯們」比鴿子更他馬的鴿子的
翺翔
老兄你就慢慢收拾流在這人間監獄上的「足印」吧，累了就喝口廬州大麯。笑看吾等還在「瞻望」那鬼兒子的歲月，他爸爸的！
僰人之後，有翅在身，需懸棺！受傷的禽呀，透支的腳印留不下，李白的足印也留不下！

刊載二〇一〇年六月三十日《聯合報》

「糖」

——仿瘂弦名詩〈鹽〉

二大爺壓根兒也沒見過屎塔拉文死雞，秋天他只喊著一句話：糖呀糖呀！魔鬼們吊在槐樹上唱曲子，那一年菡萏差不多完全忘了開花！

運茶馬幫的馬隊在雲貴高原山裡爬著，二大爺的嘴裡一點糖味也沒舔過，他只是喊著一句話：糖呀糖呀！給我一塊糖呀！

魔鬼們笑著把鴉片丟給他！

一九四九年列寧們到了建康，二大爺卻從吊在槐樹上的褲腰帶上闖進了雞鳴寺的胭脂井裡。義和拳，八國聯軍，菜市口譚嗣同的頭，軒亭口秋瑾的頭。很多眼淚死亡在飢餓中。糖呀，糖呀！給我一塊糖呀！

那一年菡萏完全開了白花！屎塔拉文死雞壓根兒也沒見過二大爺！

沙子

過過了酒泉就是祁連，
過過了祁連就是嘉峪關，
就到了戈壁了。
前面是沙漠！後面也是沙漠！
東面是沙漠！西面也是沙漠！
南面是沙漠！北面也是沙漠！
孤單單的站在那裡，
我的嘉峪關呀！
站在沙漠裡巍峨的嘉峪關呀！
向著疲倦的殘陽說：

「給我一點水喝」

月牙泉在遠遠的那邊，火炎山在遠遠的這邊
玄裝在遠遠的天竺，李世民在遠遠的長安
張騫、班定遠、李廣、霍去病！
誰的長安！
高昌、交河、樓蘭、鄯善！

吾充軍發配至此！不準攜家帶眷！
天天吃沙子喝沙子穿沙子睡沙子看沙子想沙子，
不能不恨沙子，不能不恨沙子！不能恨沙子！
我叫司馬驢，寫了一部書叫「沙子」也成了一個研究沙子的專家，
筆名叫孫半先一個民族是沙子的祖先！

漸漸漸漸他自己也變成了一粒沙子

請問你知道不知道沙子們怎樣行房！怎樣做愛！

「先給我一點水喝吧！我的親娘呀！月牙泉嘉峪關！」

刊載二〇〇八年十月十七日《聯合報》

儋州蘇東坡書院那棵苦皮樹

沒進書院前就看到那棵苦皮樹站在大門口

為什麼叫苦皮樹？反正它就叫苦皮樹。不管是誰種的，反正東坡書院大門口種了一棵苦皮樹。不管你回到常州或者已經化去，重要的是單單在你講學的東坡書院大門口種了這麼一棵苦皮樹。

他們認為這棵樹的皮像您

不過你絕不會種這棵苦皮樹，格老子的這不像我！你講書的聲音一進門就聽到，那一口眉山鄉音唱「大江東去浪淘盡，千古……」。真是格老子迷死人！

其實我在書齋就經常聽到你大聲唱赤壁賦「月明星稀，烏鵲南飛，此非曹孟德之詩乎？」、「釃酒臨江，橫槊賦詩，固一世之雄也。而今安在哉？」、「慨當以慷，憂思難忘，何以解憂，唯有杜康！」

當然你的東坡肉也吃了很多，喂！別罵人，我是說吃你發明的東坡豬肉！蘇東坡的肉並不好吃，肉裡都是塊壘！

流放海南視死如歸，聽說把王安石鬍鬚上的蝨子都氣得亂蹦亂跳。

東坡老爺子我喜歡你穿木屐的樣子真是酷斃啦，很屌！

入選二〇一一年《台北詩歌節詩選》

夜之寺

夜自荒古的鐘聲正一步一響地走進老僧的袈裟裡
山門外月亮正等著入寺
去柏樹下撿食滿地的木魚聲

禪正在柏樹枝上打鞦韆

刊載二〇一七年四月二十八日《聯合報》
入選二〇一七年《台灣詩選》

燙一首詩
送嘴，趁熱

早上中午下午晚上

上午東西
中午南北
下午東西南北
晚上南北東西
放下東西
可以走了

刊載《新原人》雜誌二〇〇九年十一月一日

煙戲

生你的是女人，滅你的也是女人
養你的是男人，殺你的也是男人
別怪他們

媽媽若是火
爸爸就是灰飛煙滅
爸爸若是火
媽媽就是煙鎖重樓

刊載二〇一五年十二月一日《兩岸詩》
入選二〇一五年《台灣詩選》

香水這個騙子

香水這個小丫頭，騙子。

香水姓香名水字是「瞞瞞」。號是「騙騙」

江湖人稱「辣手摧花鉤魂攝魄狐騷仙子」。

所有武林各大門派爺們，一見這個國色天香煙視媚行騷娘們，都會搶先恐後，甘願牡丹花下咯，作鬼也風流。香水小丫頭，他自己就是一種毒藥香水。

據說乾隆老爺子的愛妃香妃墓室德人徐四金命令家奴葛奴乙去挖墳盜骨才造出「拿坡里之夜」香水！

據說希魔身上就是噴了「拿坡里之夜」，才會成了萬人迷成為不可一世的可愛的大獨裁、大惡棍！

希魔不知奴才葛奴乙蒐集了多瓶他演說的口沫以及他手勢強力颶風以及他穿透人心的眼神以及他踏破地獄門的皮靴聲！

葛奴乙終於釀製出卍字牌毒藥香水！又叫雅片，不聞則已，一聞保證上癮。便宜了夜店那些土崽子。

據說，岳飛、文天祥、史可法，他們的骨骸都被盜去做了香水，只是香水太「忠」了，人們不太喜歡，比較喜歡秦檜香水，是山寨版，有奇香，這年頭誰喜歡忠香水，有點愚了忠了。

「六宮粉黛無顏色」楊玉環是李白從碎葉城帶來沒藥香水給他喝了。

才使六宮粉黛都昏過去了。才把唐明皇都昏過來了。

至今馬嵬坡玉環墳土還是香的，這有一瓶是玉環墳上土，還是香的！

你嗅嗅看。「獨留青塚向黃沙」的昭君墓上的青草，葛奴乙已經偷割了不少，釀造出「風吹青低見老娘母親節香水」，從此昭君也不怨了。

范蠡是在浣溪紗畔嗅到西施這瓶香水才把她送給夫差，夫差大人為了西施這瓶香水才把偽君子句踐放虎歸山。
至於林黛玉，她是一瓶長年冰凍冷香水，是用她的眼淚釀造的。
江湖豪俠竇爾墩、楊香武、朱光祖都用薰香，要他們早去蹲窰了。還會唱「盜御馬」，笑話！台灣最出名的是梁山伯凌波香水。
有一些老娘們恨不得把凌波這瓶香水吞掉，張競生說是異形同性戀，蘇青說：「飲食男，女之大慾存焉？」蘇青是先知女權運動者。

資本主義是香水，社會主義是香水，三民主義是香水，民粹主義是香水，民族主義也是香水，當然共產主義更是他馬的香水！
瞧瞧北朝鮮今日成，今天日的成功如今正日的痛快！
老子道德經是香水，南華經也是香水，論語孟子也是香水，詩經易經也是香水。
陶潛是香水，蘇東坡也是香水，鄭板橋也是香水，管某是唯一一瓶臭香水。

政客們最需要香水，他們天天「為人民服務」臭味相投，所以葛奴乙
就想動手，釀造幾瓶比管某其臭無比的臭香水。
葛奴乙再厲害也釀造不出俺舅舅腳丫子裡面香港腳香味的香水
瞧，老舅正在用左手抹著腳丫子，拚命嗅香港腳的沉香
據說希魔本想用「拿坡里之夜」造原子彈，所有大兵都被香水醉到戰
場上了，真是醉臥沙場君莫笑呀
用威士忌酒打仗也很別緻大家都醉了還打個屁來？
本來就不該打仗，可是人也是動物呀，
人一變成畜牲就會拿手槍呀
打開歷史仔細瞧瞧吧，這裡邊大部分都是畜牲！
管某是個善解人意的動物！

收錄二〇一二年台北詩歌節《詩，無障礙》

燙一首詩
送嘴，趁熱

縫

別擔心，我會自己縫自己，下次小心一點別割傷我就是。下次要割，割淺一點，縫起來必較省事。割淺一點，血流的少比較好縫，要割就割長一點吧，縫久一點，也痛久一點，疤也留大一點，這種傷名醫也不會縫，吾又不是醫生，割傷了總得縫，總不該讓傷口化膿生病。這又不是縫破了的衣裳！

刊載二〇一三年三月《創世紀》一七四期
入選筆會英文雜誌

輯二

燜熟離騷

樹下聽蟬

這老人
穿著一件寬寬的麻布袍子
遮住膝蓋盤坐在一個蒲團上
他不知字　他說他是一個
窮人　坐在一棵樹下
手中一把破蕉扇　破桌子
上放住二杯一壺　老人說
他在聽蟬消夏
一直到秋後無蟬
只看到一個蒲團　一把蕉扇

二杯一壺　一桌一袍
老人不見了他是有腿無腳的
有人說他去小便

刊載二〇一三年五月十七日《聯合報》
入選二〇一三年《台灣詩選》

樹下聽蟬
一個老頭穿一件大大的麻
袍子盤起腿坐在蒲團上
他說他是窮人字不認他
坐在樹下手中一把破蕉扇
破桌之上壺二杯茶老人
說他在等人聽蟬消暑
一直到秋后无蟬了也
沒來只是多一個蒲團
一把蕉扇二杯一壺一桌一袍
老頭不見了
有人說他去小便
老頭是有腿無足的呀

周公夢蝶笑著說著

一間小屋在山腰裡站著
一條山路在小屋前走著
一隻母雞在橘樹上叫著
一個婦人去雞窩裡撿著
一個男人手拿菸走出來抽著
日頭在山頂上慢慢滾著
白雲在日頭邊慢慢飛著
周公夢蝶笑著給她說著

刊載二〇一四年十二月《創世紀》一八一期
入選二〇一四年《台灣詩選》

蝶讀薛濤詞別案

那個人是金冬心畫的一株鐵梅。掛在白被單的床上。他是病了呢。骨骨的身子。一來人間好像就病了呢？若不來人間又怎知紅塵。那梅花的病。維摩詰的病。這病是詩這種細菌惹出來的。治不好。得了詩這個病是一輩子的事。治不好的。也不必治。詩這種病也不是人人都可以得的。梅年年都開。詩病就會年年都得。骨骨的。怎麼頂得住這滿身的梅花。八十多年開了多少花。忘了告訴他把梅花收起來可以做餅充饑。可以齋僧。齋行腳僧。

他這株金冬心畫的鐵梅掛在白被單的床上，在這個病失了的當口，他呀他手裡還捧著一冊薛濤詞在讀著，你說他是病了哪裡？

噢噢，吾知道了，他是那個熟了的梅子，一顆熟了的大梅！

繼續讀您薛濤[1]詞吧，大梅[2]！

註1：薛濤（薛洪度）乃唐女校書，知音律，工詩，常語元稹、白居易、杜牧等名士唱和，愛著冠服，是特立獨行一女性，鶴立雞群。

註2：乃大梅禪師也。

刊載二〇〇七年八月二十七日《聯合報》
二〇〇七年冬季號二十一世紀鶴山國際論壇

燙一首詩
送嘴，趁熱

烏來南山悠然

三月的日頭噴出來是薔薇
怪不得追逐吞食的蝴蝶呀
偶抬望眼驚見烏來南山造反
滿山的綠男孩綠女孩
飛舞蹁躚把南山搞得鑼鼓吶喊
突然
一隻鳥，兩隻鳥，三隻鳥闖進吾的眼帘
烏來的南山悠然，斷斷不是陶潛的悠然，是管不著的悠然

刊載二〇一四年四月二十五日《聯合報》

食光狂想曲

一九四二年吧！這年，這隻年獸，在河之南這地方「黔首」們都「易子」而食！大臣們奏本是「瑞雪豐年」，皇上龍顏大悅（也可叫總統）厚賞群臣，皇宮從來不知「易子」而食的美味！所以只看到堯的天舜的日黔的首，「龍眼」近視？

最近，一九××年剛產了一種病叫「瘟革」，這病傳染力特別專傳染愛「拋頭顱灑熱血」嫩肉，在這陣鋪天蓋地的傳染病中，流行吃「爆炒人心」名菜，這不能不說是盤古的後代炎黃賢孩的祖傳祕方！很抱歉，朕！也是這個非常野蠻的禮義之邦的遺孽子！族繁不及備載！

尚饗！

二〇一六年第五屆台東詩歌節「食光狂想曲」

送嘴，趁熱！

吾不住的接，東邊也弄丟了一些眼睛
吾不停的送，西邊也弄丟了一些眼睛
來回的腳印已經堆高如一座峨眉了
吾就是爬也受阻於西陵三峽呀
可她說她已經早早把嘴拚命拉長如一根釣魚線送過來啦
只是叫一些臭車子不停的給撞回來
現在就給您吧；只是撞去了一些口紅！
你就將就著吃吧，您！
奴家知道您很餓，將就著吃吧
「趁熱！」

二〇一六年第五屆台東詩歌節「食光狂想曲」

五柳先生經

五柳先生有五柳，有五柳的先生並不見得就是陶老頭，採菊東籬下是陶潛，會採菊東籬下的不見得就是陶潛，悠然南山的先生也不見得是淵明，悠然見南山的姑娘也許像一點淵明。

陶潛不見得天天採菊，陶潛也不見得天天見南山，心裡有菊的人，不見得天天採菊，心裡有南山的人也不必天天見南山，心裡有陶潛的人也不必天天看陶潛。陶潛是蟲？陶老頭放蟲？

刊載二〇一四年九月《創世紀》一八〇期

尋柳圖
2018 秋

蟬帶來的離騷

為什麼這麼晚才出來吹嗩吶呢
蟬偷偷告訴吾他也碰到詐騙集團
吾以為泥巴太硬您閣下出不了監牢呢
蟬呀放出來就好，你來了楚夏也就跟著來了
剛才你這一聲嗩吶，真的把吾炸出了一身冷汗！
吾，吾又要開始做夏楚老爺的炸油條了
有時也會是三閭大夫放在鍋裡的粽子
吾，吾最愛蹲在鍋裡燉東坡肉啦！
反正夏爺一到大家都會悶在鍋裡，悶著悶著
就悶出一點離騷味來，誰敢說不喜歡騷味？

楚就敢說不喜歡騷味！

刊載二〇一六年六月二十日《聯合報》
二〇一六年第五屆台東詩歌節「食光狂想曲」

每年春天早晨走在楓林裡那個人兒

每年春天早晨一定有那麼一個人在那片楓林裡走。
就是楓剛剛從它的灰綠色皮膚長出一些嫩得不能再嫩的；每片小葉子的臉上都寫著「青春！青春！」這些圖案的；像是一群又一群綠黃嬰孩在楓的枝頭爬來爬去的，長著淺紅的小嘴巴的，穿著嫩綠色三角形小圍巾的，在枝頭舞來舞去，叫來叫去，笑來笑去的，一家綠色的幼兒園，一屋子青春青春小娃兒，咯咯咯咯的笑聲，把史特拉文斯基給嚇跑了。
那麼一大片楓林，每棵楓上都站滿了一群群嫩柔柔鮮活活的綠娃娃，
你看過楓樹上生出來的綠皮膚嬰孩嗎？
一大片楓林不知站著爬著跳著舞著幾千萬個綠娃娃在枝頭咯咯的笑，

你聽過嬰孩的笑聲嗎？

史特拉文斯基本想在這片楓林中演奏他的春之祭禮的，被這幾千萬個綠娃娃這麼一笑的，史老先生說了，有這群綠娃娃的笑聲就夠了，足足夠了，還演奏什麼春之祭禮呢！他帶著他的樂團到下雪的地方去了，他想用春之祭禮來趕走那個冷面殺手。

那個在楓林裡走的人，他仰著頭看著枝上跳來跳去的綠娃娃，他向娃娃們笑，他給娃娃們唱歌，他跟一個一個綠娃娃說話，他跟一個一個綠娃娃親熱，誰也不認識他，也不知他從那兒來，只是每年春天早晨他都會來這片楓林散步，看滿樹的綠娃娃，他一身上下都穿著楓綠色的衣裳，他的頭髮手臉也都是楓綠色的。

一個初春之楓的綠色的人！

他身上落了很多小鳥，有些小鳥在他的頭髮裡築巢，只有小孩子才能看見這綠楓樹之人。他會給小孩一些糖吃，吃了這種糖就一輩子長不大了，不會到南陽街補習班去了，這種糖是不給大人吃的，大人們也看不見這個綠楓人的。他說的話，只有綠娃娃們聽得懂的，那些小孩子也聽得懂的。大人們永遠聽不懂的。那個綠楓人說：「他是綠娃娃們的爸爸。」他飛到一棵楓上去了，他也變成了一個大的綠娃娃了。

他是綠娃娃的老爸。

他在楓林裡放了一把綠火，他怎可這麼做？燒得綠娃娃們咯咯咯咯咯的笑！

睡蓮

吾請一位芙蓉長在臉上
蠑首長在頭上娉婷坐在水上的
蓮姑娘來吾書房蓮姑娘你來說說看
周敦頤老丈寫的〈愛蓮說〉他愛的是菡萏還是蓮？
他說「中通外直不蔓不枝香遠益清亭亭淨植出汙泥而不染濯清漣而不
妖」是寫睡蓮還是芙蕖？
睡蓮低垂粉頸不語
那麼「江南可採蓮蓮葉何田田」
章太炎說那是團團或圓圓？
管蠡說那是篆寫田田。

燙一首詩
送嘴，趁熱

那麼「魚戲蓮葉東魚戲蓮葉西」呢？
睡蓮抬頭大聲說那是「男戲蓮葉東男戲蓮葉西」！
睡蓮氣得小嘴鼓鼓的
可是那是荷花的煩呀！
關你睡蓮姑娘什麼事？
干，干卿底事呢？
嗯？干卿底事呢？
我，我不告訴您！

收錄二〇一八年六月《花蜜釀的詩》台中市文化局出版

把鐘錶的頭砍下來

把時間雙眼弄瞎
讓時間回不了家

把鐘錶的頭砍下來
那麼你就不會蒼容失色了

你早說不就好了
秦始皇已死，林黛玉也不必葬花了

刊載二〇一五世界詩選

流星雨

吾無法不看
閣下雙目中獅子座的流星雨
可是你為什麼
要睡覺呢？吾要把流星存起來
買航空母艦或原子彈！

刊載二〇一五世界詩選

浪子燕青

是時候被饕餮在青樓那些娘行眼中
那就是浪子燕青哪
他正在西山禪院蒲團上
他已嚐遍北里美食胭脂
正在向佛印大師叩問
色不異空空即是色的禪意
大師言道金山寺白蛇正在鬥法海
水漫了金山寺了

刊載二〇一五世界詩選

琴操帖

如果你是一床琴
請問誰是操琴之人
提醒你閣下我十分討厭卓文君
我是一床琴
不是馬尾也非綠綺更非鍾子期
也不是陶潛的無弦
我有弦但不彈
難道一定要彈嗎
那就勞駕鸚鵡吧
不！是鷓鴣。

刊載二〇一五年世界詩選

老秋

戴荷葉帽子的青蛙，走了
站在荷葉帽沿上的蜻蜓，飛了
水塘裡的蓮蓬煙斗，也不冒煙了
老的彎了腰的秋月老頭兒除了抽著空空的
蓮蓬煙斗，想想心事，也不能做什麼事了

遠山之霜雪兮，已飛落詩人之鬢髮矣！

趕快去找收在箱子裡母親給縫的棉袍吧
（雖然已經舊了，雖然已經破了，雖然已經穿了好多年了，

燙一首詩
送嘴，趁熱

穿棉袍的兒子也老了，可是貼上棉袍上親娘的相片，
卻是很年輕很年輕，很漂亮很漂亮，非常非常的漂亮，
噢！媽媽好想抱抱你呀！）
戴了一季的荷葉帽子，破了

抽著煙斗等著，等著看老月亮雕塑在冰裡的雕塑

卻突然的
被橫空丟過來幾粒雁聲
打得有點兒頭痛
不過他還是把這幾粒栗子給吃了。

刊載二〇〇〇年七月十九日《中華日報》

跑到樓上的幾棵竹子

那幾棵竹子怎樣跑到樓上去的並非是本案重點，
首先要查的是送竹子到樓上去的嫌疑犯是誰？
據查是一個寫詩的流浪漢嫌疑最重；
他的口供是這麼說的：
「竹子是不是吾詩人放到樓上去的
這要拿出你們的證據，不可以冤枉詩人
不過，吾聽說那人在樓上種竹子是為了吃竹筍炒肉絲。
可不是如你們所說是為了做梯子！」
「當年蘇東皮就是把竹子種在硯池裡：
吃著他的蕭蕭

燙一首詩
送嘴，趁熱

聽著他的蕭蕭
寫著他的蕭蕭
想著他的蕭蕭
黃州的蕭蕭蕭蕭
俗俗地吃著竹筍炒肉絲俗俗地過日子」
「提到竹子就請別想到肉
提到荷葉粉蒸肉就請別想到菡萏」
「到底是哪個潑皮把竹子弄到樓上來的
這是有計畫的向王法挑戰」

「竹影幢幢，嚇煞了奴家
到底那個冤家把竹子弄到樓上來的
一定要把他繩之以法
就是鄭板橋來說情也不行。」

文同竹當舅 東坡竹乾老子
板橋竹表舅

燙一首詩
送嘴，趁熱

「做梯子是想上天還是越獄？
住這麼好的大廈還不覺得滿足？
一定要畫影圖形捉拿這個無賴
把竹子種到樓上來的無賴！」

註：蘇東坡我叫他蘇東皮。

刊載一九八六年十月二十四日《中國時報》

得了另類印刷術病

一種永遠很迷人的印刷術
多印幾次就是一本詩集了
只動口，不動手，保持君子風度
重要的是不花一毛錢，把病傳染給他，讓他生病吃藥看醫生。
這種病，是一輩子都治不好的病。
可是很多人都愛得這種病。

刊載二〇一三年三月《創世紀》一七四期
入選筆會英文雜誌

身為一棵樹的理由

身為一棵樹命裡就必須要拔高的理由
才有參加打太陽球隊的命！
就算是黃山的松也必須由橫裡再掉頭向上長，
先看看雁兒們看到的光景再說
當然是想戳破這頂玻璃罩子，看看外面是啥子風景
吾等一非飯包，二非菜肉，也不是蒼蠅餛飩……
幹麼硬罩著吾等？你這挺神氣玻璃穹窿？
就算是牛羊也不願待在你這窮神氣穹窿裡！
所以吾就想天馬行空！

二〇一六年第五屆《台東詩歌節》食光狂想曲

影子

把你的影子折疊一下
放在道德經裡做書籤好不？
或者
放在口袋裡當衛生紙

原刊載二〇〇四年十月《創世紀》一四〇、一四一期合刊
收錄於二〇一四年九月九日，張默主編《小詩・隨身帖》

小溪的眉小河的臉「廣興印象」

左面是青山，右面也是青山，中間？中間是一張小河的臉
一隻兩隻三隻四隻白鷺飛過去
那是小河美目盼兮的眼
五隻六隻七隻八隻白鷺飛過來
那是小河巧笑倩兮的眼

前面是青山，後面也是青山，中間？中間是一雙小溪的眼
一群白鷺飛過來畫著小溪的眉
一群白鷺飛過去遮住了小溪的眼
小溪抖抖綠裙子，溜了！

刊載二〇一七年十二月六日《聯合報》
入選二〇一八年十二月新北市政府《詩說新北》

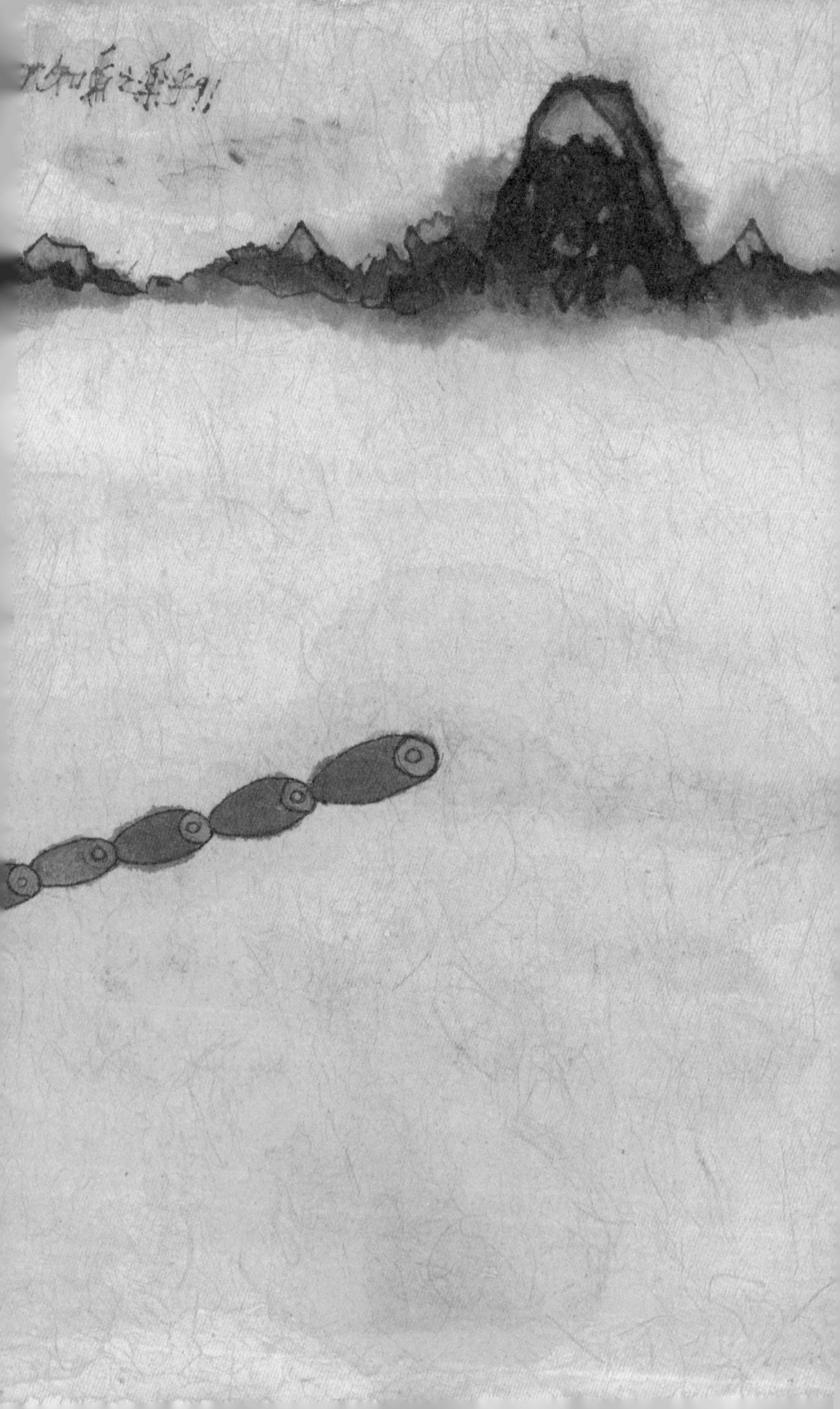
知魚之樂乎?!

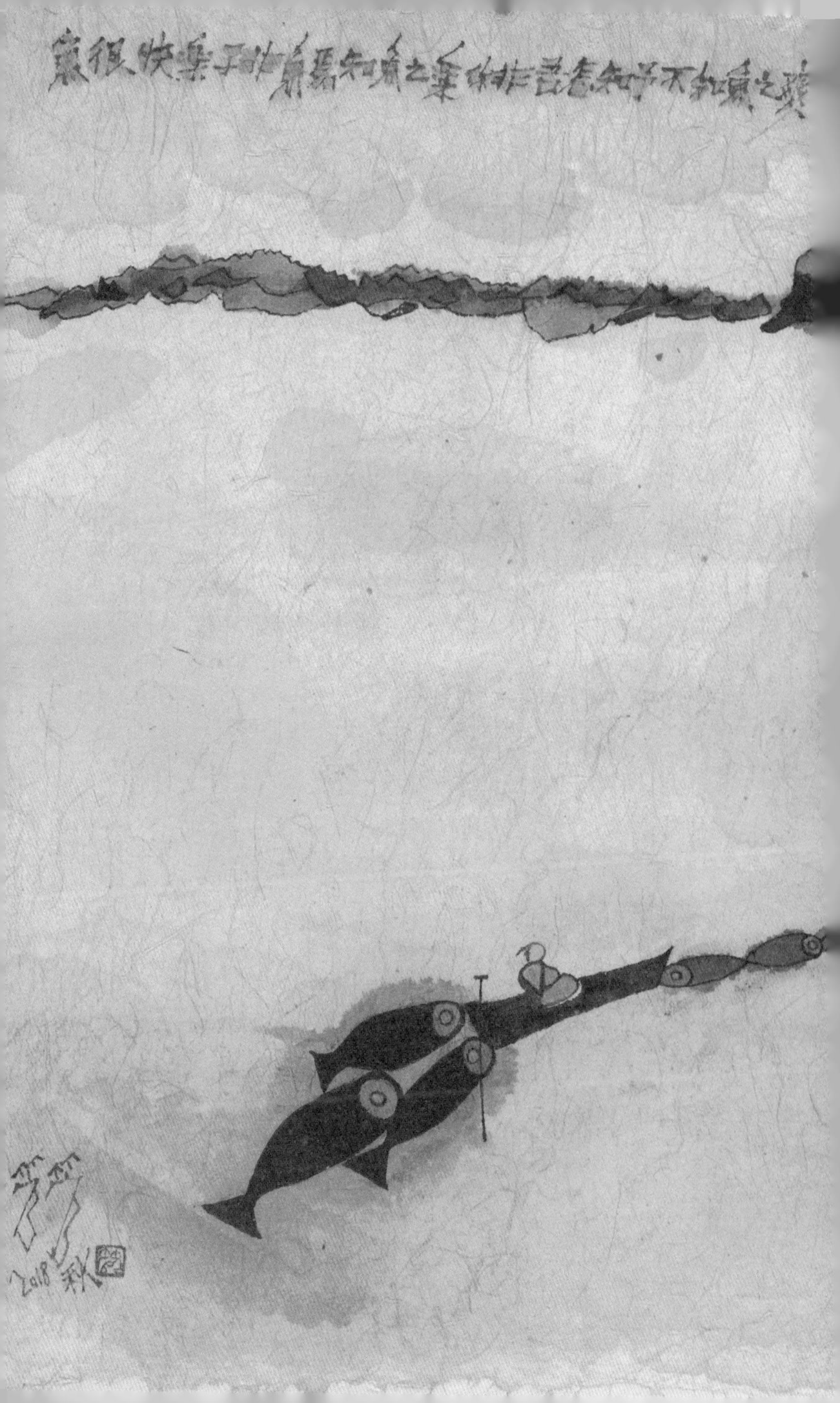
2018 秋

吾在司楚卡種了一棵橡

吾在司楚卡種了一棵樹，一棵橡樹，我當然希望這棵橡樹能活得像神木，像阿里山上的神木。好多詩人都種了樹，好多詩都成了樹。我多麼希望將來有鳥能站在我的橡樹上看司楚卡蓮花湖上的大魚，當然我更希望有一天我的兒孩來司楚卡抱抱這棵橡樹。所以我跟管領風用手捧土來種這樹，就像我敬酒給朋友一樣，捧土來敬這棵小橡樹。

刊載二〇〇七年三月《創世紀》一五〇期

參加司楚卡詩人節種的樹

小孩

紅小孩綠小孩黃小孩藍小孩白小孩
紫小孩黑小孩灰小孩和粉小孩
裝在一籃子裡的小小孩。戰爭剩下的小小孩！
便宜賣的小小孩！將軍不要的小小孩！政客不要的小小孩！
死了媽媽的小小孩，死了爸爸的小小孩，
阿富汗的小小孩，伊拉克的小小孩，
國共內戰的小小孩，納粹集中營的小小孩
這些　這些　從槍管裡爬出來的小小孩呀！
都是一顆炸彈小小孩
你們　你們　你們還給我的母親！

燙一首詩
送嘴，趁熱

二〇〇三年四月《秋水》一一七期
入選二〇〇三年《台灣詩選》
入選二〇〇五年台北詩歌節詩選《家園與世界》

所以如果因此結果是買賣

——為民國百歲賀

如果，滿清不腐敗
因為，滿清不會做買賣
所以，康梁才來變法做買賣
如果，康梁變法不失敗
所以，孫文就來做買賣
因為，孫文就來做買賣
因為，孫文做買賣失敗
所以，軍閥們就來做買賣
因為，慈禧光緒不會做買賣
因為，混蛋軍閥不會做買賣

燙一首詩

送嘴，趁熱

所以，日本鬼子就拿刀來做買賣
因為，日本鬼子拿刀來中國做買賣
所以，國個民黨也來做買賣
所以，共個產黨也來做個買賣
如果，日本鬼子會做賣賣
那麼，國個民黨共產黨就沒錢來做個買賣
因為，日本鬼子不會做買賣
所以，國個民黨共個產黨就有本錢來做買賣
如果，國個民黨會做買賣，共產黨就沒本錢做買賣
如果，共個產黨會做買賣，國個民黨就沒本錢做買賣
因此，共個產黨國民黨爭著做買賣
所以，中國的老百姓就幹了一票賠本的大買賣
因為，中國的老百姓幹了一票賒本的大買賣
所以如果因此結果是買賣!!!

刊載二〇一一年十月五日《聯合報》
入選二〇一一年《台灣詩選》

吾爹身上有兩顆子彈

——一顆Made in日本，一顆Made in解放軍

我爹火化後，真的撿出兩顆子彈！
但不知哪顆是日本兵的？哪顆是解放軍的？
我爹說：他身上有兩顆子彈，一顆在腦袋，
那是台兒莊大戰日本兵給的，
開刀危險，只好留在腦袋裡做個紀念。
一顆在屁股上，那是八路軍給的，
不必開刀，也留著做個紀念。

我爹說，如果火化後撿到這兩顆子彈，
千萬不要丟，要複製一些送人，

要親戚們沒事時不妨想一想，
中日大戰死了多少人？國共內戰又死了多少人？
升了多少將軍？又死了多少將軍？
死了多少主席？又升了多少領袖？
當然這日本兵給的子彈，又送給石原慎太郎一個，
他說日本兵並沒有南京大屠殺！
也要送給李老爺金婆婆各一個，留個紀念。
如果可以，
也送一個給中正紀念堂以及毛主席紀念堂，也留個紀念。
可惜，我身上沒有子彈。

二〇〇五年《乾坤詩刊》夏季號三十四期
二〇一一年太平洋國際詩歌節詩刊

金門砲彈酒　野百合斑鳩

1

今天那株樹，不是昨天那棵樹
昨天那株樹，不是前天這棵樹
你能讀懂一株草嗎？
你也讀不懂一位女呢？

2

請您們原諒吾吧，吾不過是個小孩，
更是一個拒絕長大的小孩，我需要媽媽，
我也不喜歡學校。

3

秋夜是喝著酒，騎著驢，
打那座破寺走過的。
月跟在驢後面，掃著那些落葉。給老僧燒茶。

4

有一種酒，就鄉愁。
你喝一喝就會餵下飢困的鄉愁，
噢！他的鄉愁很老在朝歌。

5

他的故鄉在山之外之外，三月裡開著杏花的地方和一個有兩條小辮子
的妹妹以及做響馬的叔叔。

6
每個爆竹都抱著一個炸開的童年。

7
家鄉的星星都可以用手摸一摸的，你摸過嗎？
摸過的請舉手！

8
書是會呢喃的，小心啊，都有毒！

9
夜已睡去，可憐熬夜的燈啊！失眠的星啊！

10

看到一個星子，掉下床來跌哭了

星星有母親嗎？

11

冬天在樹上

歌在天上

雲在山上

雲在沙場

媽媽在廚房

12

吾放一本書在石頭上，請小鳥來看。

一隻小鳥在書上解了大便！

一隻螞蟻走來吃它。

13

我在愛看鳥在月亮下飛的翅膀！

14

去松林拾一些松果，剪一下松針，
燒松果煮松針茶喝，可放竹葉三、四片。

15

哪一個人不帶著媽媽的童謠在口袋裡？

16

唱一句是母親，想一句也是母親。

媽媽唱的歌是刻在兒女身上碑文紋身。

17

媽媽是人間最舒坦的監獄，
寧願關一輩子也不想離開。

18

戰爭是件事，薔薇是件事。
英雄是件事，暴君是件事。
柔柔的春草啊，不是件事。

19

鞦韆是打進來的春天，還是打出去春天

20

一尾四腳蛇正在一塊石頭上曬牠長了癬疥的身子還有蒲公英陪著
春天站得遠遠的看著
冬天正在搬家忙著
堂姊正在忙著為未來的婆婆做鞋

21

窗前二棵楓正在搶著出號外，報告春天來了，
「春天就這麼重要嗎？」冬天說。
姊姊說：「很重要！」

22

上面是房子，下面是房子，
左面是房子，右面是房子，

前面是房子，後面是房子，
你也是房子，他也是房子，
太陽無路可走，樹無路可站，
草無地可臥，鳥無樹可巢。

23

吾們有一個城，城裡都是樹，吾們住在樹裡。
好幾個王維倚仗聽暮蟬。

24

你敢活得像一首陶詩，你就不必學詩了，詩就嫁給你啦。
他說他要寫「俱往矣，數風流人物還看今朝？」
今朝個屁啊！

25

乾坤一棺？乾坤一籠？你就是一個籠子！
乾坤乃一絕妙佳人也，看他回眸那一瞥！

26

一個行走的布袋而已，裝了一布袋蝨子。
鍾書說那是書，看到趙佶自布袋走出來。

27

紫錢綠錢臥滿階，寺門風舞，鐘吊樑間，僧不在。

28

窗前莫種樹，種樹惹鳴禽，
夏日樹下坐，風生無弦琴。

29

汝有胭脂面，桃花落紅雨？
儂有貯淚瓶，贈汝薄情人。

30

無理取鬧，詩之最也。
春天毫無理由來了，
這就是詩，春天毫無理由的走了，也是詩。
詩討厭朱熹。

31

看到笠筷二字，就聽到這古調斑剝出銅綠響聲，
一下子跌進夏商周唐三星堆了。

32
天生麗質乃自然美，巧奪天工是藝術，
亂真仍是假，魚目混珠莫做傀儡。

33
鄉愁就住在船上，鄉愁就坐在鸛雀樓！

34
有星有月吵著的晚上，聽詩作詩。

35
無星星無月有蛙有草的夜，誰在草上仰著。

36
嗅著媽媽的香走出來，就該嗅著媽媽的香回去

37
走遍陽關三疊的腳，看盡江南江北的眼，
不知不覺走進洛陽牡丹的懷中。
昭關？大散關？玉門關？寧武關？

38
太武山石頭上，一些生滿蒼苔字，是哪個朝代留下的野史？

39
去漂泊吧？去做一個異鄉人，品味一下四面楚歌的孤獨茶味。

40

石頭？石頭？石頭？草呢？還是石頭！看見一個軒轅？

41

軒轅、殷商、戰國，那麼多銅綠啊！三星堆不綠。
春風又綠江南岸了？台城柳彎了張麗華！西望長安不見家？呸！

42

道和德二門神，防鬼叫門，在黑夜。
誰都會走幾回夜路，送情人歸巢之舉。

43

菩薩低眉，眼不見為淨。金剛怒目，見死不能不救！

44
三國不亂，不叫三國，古人逐鹿自己幹，
今人逐鹿騙別人幹，所以今不如古，所以叫選舉！所以叫民煮。

45
「世說新語」，魏晉特產，也出了桃花源記的漁人，陶先生癖好意淫，
所以愛菊。

46
銀子是人人愛吃的嗎啡，越吃癮越大，窮人吃不起。

47
人生何世，有何不可，造反有理，小心受傷而已。

燙一首詩
送嘴，趁熱

48
太武山上有鄭成功下棋的石室，會聽到棋子刀槍，
這局棋還沒下完，淚濕了青衫袖！

49
夜與煙藍在山邊。砲彈在身邊，星星在天上，
酒在嘴裡，菸在手上。死站在身旁！

50
寂寞在口袋裡，伸手就是。

51
酒瓶躺著，幾隻螞蟻在飲著，
斑鳩在叫著，野百合在頭上開著，

槍抱著人睡著，西線無戰事。

52
夜坐著，看，燈一朵一朵開花，竟忘了抽菸。

53
夜走一步，燈就走一步，星也走一步，你也走一步，
曇花就一步也不走，貓頭鷹看你走一步又一步。

54
初春就這麼唱著跳著光著小屁股跑出來了，
初春你媽呢？我媽坐在花轎裡！

55

被紫鸝鶇叫起床的，四點，鐘已經起床了，
紫鸝鶇還在叫，牠不是叫你起床，是在哨牠的女朋友，
去問問公治長，公治長不在家。

56

別人看書，他看鳥，別人看報，他看鳥鳥看他，
報看雲，雲看天空，天空看流星——。

57

吾們是，吾們是一群火鳥，
浴火生鳳凰，也只是一隻鳥而已。

58

燃燒吧！燃燒，吾等乃曹瞞之詩乎？

59

我等是種向日葵的兒郎，是採蓮的女兒，
是佩劍的書生，是採藥的野夫——。

60

那去自烽火的兒郎手裡拿著一冊詩集，
烽中來，火中去，是帝王的祭品，
是政治的私生子，是被逐的鹿，那麼就去做「逐」！

61

走南闖北的漢子，今日成都明天洛陽，後天長白，
昨日玉山，一把青鋒挑著褡褳。

62

坐著寫一首詩，不如坐著看一朵太武山百合花——。

63

坐著看雲，不如躺著看雲，太武山的百合呀——。

64

騎在馬上，不如躺在草原，
躺在草原，不如看大鵰盤旋。

65

臥於太武山一塊巨石上看雲，
看海那一回打砲彈的同安，
思索那石縫中小樹是怎樣活下來的？

66

逍遙，逍遙，逍遙，你吃過逍遙這碗飯否？
逍遙請你吃過飯嗎？

67

人在地上走著，雁在天上飛著，弄一盆野火，燒一根孤菸，
吃幾口熱飯，喝幾口熱湯，再抽上幾袋疲倦的菸。

68

走在天涯，睡在天涯，吃在天涯，尿在天涯，
活在天涯，死在天涯，愛在天涯，禪在天涯，
XX天涯，XX天涯。

69

走一步就是野菊，走一步就是陶潛，
金門天上出產砲彈，陶潛看著野菊，吃著砲彈。

70

誰是本來面目，無住不是，飛中無飛也非？

71

獨步天地精神往來之外交關係乎，
誰跟你外交關係？
一塊石頭而已！

72

誰敢說冬天不會再來，

太陽敢說春敢說。

73

你可以看到雪，
看到月亮看到老鷹和燕子，
當你一抬頭會看到一個星子正坐在窗上撒尿——。

74

打開窗有打開窗的太陽，
打開窗有不打開窗的月亮——。

75

是誰給那棵樹一塊石頭，打出一片飛著翅膀的天空。

76

海靜靜躺著一些不知藍了多少年的老藍，
印度的，希臘的——。

刊載二〇一三年十一月六日《中國時報》

輯三

三味書屋

咳嗽的花瓣

——給 Y.C-L

美麗的人兒是不可以咳嗽的
一咳嗽就會有花瓣從身上落下來
落在臉上可以當胭脂
落在手上可以當戒指
「怎麼！你要把花瓣咳嗽在衣襟上當牡丹呀？」
「好看雖是好看，總是叫人心疼的是不？」

「萬一咳嗽的花瓣落在了地上？
豈不是讓鞋子羞辱一場？
豈不是白白落入泥土的肚腸？」

「最最要緊的，是你一咳嗽呀
就會咳倒他一面城牆！」

刊載一九九五年八月七日《自立晚報》

咳嗽的花瓣

給Y.C 1995 0305

美麗的人兒是不可以咳嗽的
一咳嗽就會有花瓣從身上出落下來
出落在臉上可以當胭脂
落在手上可以當戒指
怎麼啦，您要把花瓣咳嗽在衣襟上當牡丹花呀！
好看的雖是好看，總是叫人心疼的是不

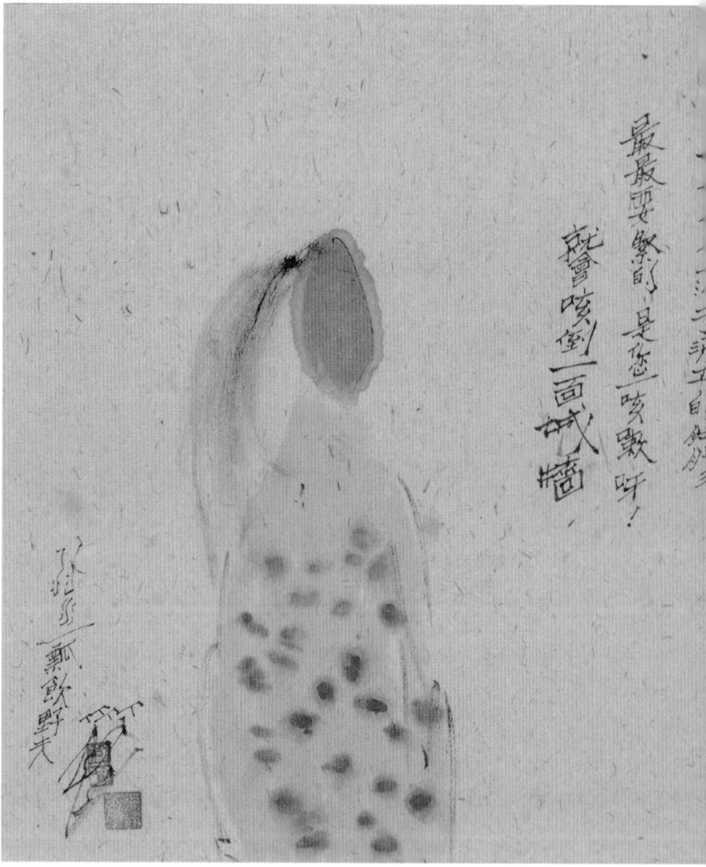
最最要緊的，是您一咳嗽呀！
就會咳倒一面城牆
瓢飲野夫

劍橋之柳

吾跟菁菁在劍橋每個學院都找不到徐志摩的腳印
張默說：「徐公腳印已化為春草。而今天已走到秋草離離了
至於他揮袖所揮下的雲彩，吾也撿到一塊他簽了名的
吾把這塊志摩牌簽了名的雲夾在劍河倒影那本書裡
菁菁很擔心志摩這塊雲會在書裡浪漫得霉掉！

吾在牛頓橋跳下去測一下劍河的地心引力，看一看牛頓的橋真
一根釘子？原來釘子都躲在牛頓的口袋裡
哈！牛頓喜歡吃硬釘子當零食
菁說她牙痛她咬不動牛頓

才知道劍河之淺，是那一群垂柳未曾淘河之故耳
聽說自從志摩同學走後垂柳們就在罷工
「不是徐同學那篇散文，你們中國人怎會知道劍河垂柳的
嫵媚！」
這是罷工的主要原因

吾們並沒有租船在劍河行走，吾倆捉住柳條打鞦韆
而且呢喃
吾真有點怕那划船的三一學院戴平頂草帽的學生跟吾來談林則徐
吾只是站在劍橋上看劍河淤泥裡那一層又一層學子們吐下來的
「殖民史」和夫子們的煙斗味
難道這就是倫敦多霧的原因？

刊載一九九六年十二月八日《中國時報》

黃昏裡的廟之黃昏

烏鴉用翅膀把黃昏放在廟上
空空的廊下輕輕輕輕喘息著漢唐兩家以及秦氏那滿面長鬚的咳嗽，病懨懨的咳嗽掙扎著穿過蒼白石苔方才墜落在磨凹了的光滑的石板上，並且滑了一跤，少不得這又跌出了一陣輕輕的小咳嗽。
唉！秦皇漢武封禪之後就是一連串的咳嗽，跌出來的那一陣輕輕小咳，說是三國，又像兩晉，說是兩晉，又像南北朝，說是南北朝又像五胡亂華五代十國；不過是一口痰而已，而痰盂安在哉？
庭前那棵一身齊魯風骨的柏樹聽到他們的咳嗽彎了一下腰，抬頭望去，夷吾去矣，孔丘難再，狼煙四起，麒麟早逝。
吾柏樹滿頭綠髮，依舊低迴不已！

簷瓦之水深深鐫刻著戰國春秋血肉模糊的文書。一陣山風帶著滿袖塵沙又將春秋戰國輕輕的埋過。

一切的一切皆是那殿角風鈴，雖然空靈，卻略帶一點淒涼，風鈴總不是寒山寺的鐘聲！

山就是山，再怎麼巍峨，不該把你造成神！

刊載一九九四年五月二十二日《中國時報》

寒山寺鐘聲尋

吾終於來到寒山寺，卻尋不著鐘聲在那裡？月說鐘聲掛在他那張蒼白的半邊臉上。烏鵲說鐘聲已經被他當晚餐吃進胃裡。秋霜說鐘聲就睡在奴的白綾被裡。楓說鐘聲在他燒紅的耳朵裡。秋江說鐘聲藏在那遍紅蓼中。漁火說鐘聲？吾是鐘聲的妹妹。漁夫說鐘聲就網在船邊網裡就釣在魚竿的鉤上。愁說鐘聲在老乞丐的破盆中。睡眠說鐘聲在枕頭下面壓著。城說鐘聲正在吾城樓上散步。姑蘇說鐘聲在響屧樓間。寒山寺說鐘聲就掛在寺裡古柏枝上。夜說鐘聲就是天上的寒星。客人說鐘聲醉在酒壺中。船說鐘聲就在船尾的櫓槳上。老僧說鐘聲呀鐘聲在我的木魚裡。鐘聲說鐘聲卻不說話。

吾說鐘聲是那把長長白白鬍鬚飄呀飄的滿天滿地冰雪或是飛飛的白幡

或是晚春花林的落英什麼的鐘聲是孤孤寂寂空空寒寒清清冷冷寥寥寞寞單單薄薄瑟瑟涼涼幽幽遼遼隱隱約約飄飄渺渺的髫鬚僧僧。

刊載一九八八年十一月二十八日《中央日報》

青蛙案件物語

吾去澆花
發現躲在花葉深處
一隻綠色青蛙

這五樓之高
是怎樣爬上來的
青蛙？

放著樓下清淺長草的水溝
不住？

跑上五樓陽台
做什麼？

也許有個池塘
躲在吾家
什麼地方？

或者吾們家裡
有隻青蛙？

記得好像偶爾聽到幾聲
蛙鳴？

不對

燙一首詩
送嘴，趁熱

吾想那是在夢中

到底這隻青蛙
是怎樣
爬上來的呢？

難道青蛙會飛？
這麼說人也該
會飛了？

是誰送來的一隻青蛙？
不會
是
人吧？

也許吾們家是真的
還躲著
青蛙？

后記

那個人下定決心不去找那隻躲著的青蛙。去看書。別管牠。……唉！不要去想牠！喝酒！喝酒可以忘憂。喝酒！……哈！兩瓶了。……怎麼青蛙在酒瓶上？……說不去想牠。喝呀！想李白斗酒詩百篇，長安市上捉青蛙！哎！又是青蛙！想酒中八仙想劉伶想竹林七賢，哪裡醉、哪裡埋，鋤！一鋤鋤出個青蛙來！去！想人生幾何，對酒當歌，想慨當以慷、憂思難蛙，何以解憂？唯有青蛙！去他媽的青蛙！出去走走再說……？

他披衣夜行，夜涼如水，四面蟲聲唧唧，獨欠蛙鳴！又是青蛙！絕對不去想他！月明星稀，烏鵲南飛，繞樹三匝，無枝可棲？飛，繼續飛！想江山依舊在，幾度夕陽紅。想俱往矣，數風流人物，還看今朝。想蒼山如海，殘陽如血！想蕭瑟秋風今又是，換了人間？想，怎麼就看見手中酒瓶裡有隻青蛙在跳？想，還是回去睡，睡著了就不想了。他回到家中發現家中地板上全是青蛙，且不住的鳴叫。

可是他並沒有回家，一個農夫發現他手拿酒瓶醉在一個真的有青蛙的池塘邊。就在往福山的路邊一家農家的附近。那已經是第二天上午。人喝了酒什麼事都做得出，旨哉斯言。包括人喝醉了會飛在內。是為記。又及青蛙田雞北人不知食，因此荒年會多餓死幾個，笨吶，據說肉永遠煮不爛，挺性格，說吃了會叫，那只有小孩才成。

〈青蛙案件物語〉，「物語」一詞來自日本，是外來語，是敘述故事的意思。最著名的物語有《竹取物語》、《伊勢物語》及《源氏物語》等。後者有林文月翻譯本問世。

〈青蛙案件物語〉是意象清新的自由詩，「后記」則為有情有趣的散文詩。兩者其一為「金枝」，其一為「玉葉」，是詩人作「青蛙」的意外收穫。「青蛙」的成功，應與「后記」合起來評論。

我一向不贊成詩有前言或后記，我堅信文學作品是個獨立而完整的世界，一切都應該由作品本身來告訴你，沒有必要假其他人（后記）的手。它們不僅對作品無益，反而有害。通常后記記的是創作時的時和地，以及與創作時有關的人和事，例如觸發他靈感的情景等。但是我們不要忘記，一個作品完成以後，即已賦予一個完整的生命，它的生命往往是和后記中所記的種種完全沒有關係的。有過創作經驗的人都了解，我們現在所寫的，未必是現在所發生的事。有位詩人中年後寫情詩，被他太太發現了，硬說他不忠，好長一段時間與他吵個不休。據說那是位醋勁很大的太太。其實他是回憶他故鄉的青梅竹馬。「后記」唯一的用途，是為以後的研究者提供資料。那些文學批評家沒有它們是寫不出文章的。寫杜甫的〈秋興〉，必先交代它是唐大曆元年杜甫五十五歲，旅居夔州時的作品。寫李清照的〈夏日絕句〉，必先將北宋的腐敗無能針砭一番。其實讀者需要的是作品的美感，如〈夏日絕句〉：「生當作人傑，死亦為鬼雄。至今思項羽，不肯過江東。」我們只需感受它的悲憤雄壯情懷，其他便可有可無了。

但是管管的這種「后記」，我不排斥，而且欣賞。因為它是詩，不是解釋詩的附庸。它為「后記」文體開了個新例。很切近「物語」文學。這「后記」起首二行就給我們一個很愉快的氣氛。「那個人下定決心不去找那隻躲著的青蛙。去看書。別管牠。…唉，不要去想牠！喝酒！喝酒可以忘憂。喝酒！……哈！兩瓶了。……怎麼青蛙在酒瓶上？」其實他有沒有在找？有。他在書本中找，要讓知識站出來變成呱呱叫的青蛙。即使憂傷失望，借酒消愁，他仍時刻想著青蛙。青蛙才會出現在酒瓶上，那是幻影。

認識管管的人，或與他同桌交錯過的人，都會覺得管管是個很熱鬧的人。一段小花臉或鐵板快書唱下來，您會被他的表現藝術的才能嚇著。其實他只會那麼兩招，他的內心世界是個寂寞又憂鬱的人，不然他怎能成為一位優秀的詩人呢。且看「后記」的最後幾句：「青蛙田雞北人不知食，因此荒年會多餓死幾個，笨吶。」這是詩人的感嘆，有不被重視，不被發現的寂寞。青蛙是可以充飢，可以使人免於飢餓的，它那富節奏的呱呱呱的叫聲，至少在精神方面是可以療飢的。

〈青蛙案件物語〉從第一句「吾去澆花」到第四段「也許有個池塘躲在吾家什麼地方」，詩中的「吾」是單數，是指詩人自己和他自己家。從第五段起到結尾，便將單數改為複數「吾們家」。無疑的，他希望他家的青蛙成為大家家裡的青蛙。他正在尋找的青蛙，也正是大家想要尋找的青蛙。「也許吾們家是真的／還躲著／青蛙？」這句詩具提示作用，不必是問句。

倒數第二段，詩句的排列相當費心思，一句「不會是人吧？」一般的口語散文，如不經過詩的處理，便顯得毫無意義。但卻因詩的特殊排列而產生出多意象的詩。一般人認為不通或不合文法的句子，在詩中它卻是這般的合理和合文法。此即為常常被文法家們非議的原因。我試將這段詩改為兩人的對話：「是誰送來的這隻青蛙？」「不會的，他不會送青蛙給你」「那麼是什麼呢」「大概是人吧」。另一種對話是：「是誰送來的這隻青蛙？」「當然不會是牠自己跑到五樓來的」「那麼牠是怎樣上來的？」「當然是有人將牠送上來的。」總之，詩中的青蛙是不能和人分離的，詩人寫的絕不是純粹的青蛙。

「后記」告訴我們，那個找青蛙的人，被「一個農夫發現手拿酒瓶醉在一個真的有青蛙的池塘邊」。此時，如另有一個找青蛙的醉漢打池邊經過，想必會將他當作青蛙看待。

刊載一九九五年四月二十二日《中央日報》

肥了秋陽瘦了乳房

秋陽墜落的地方是比夏天肥了許多那是因為葉子落了枝椏瘦了的緣故
就算是棵青楓好了（秋來葉子紅據說有詩意）可惜它不是一棵青楓
當然秋陽那張臉比夏陽肥腫了許多這論述無庸置疑
也無須驚訝你總該明白他在夏天吃了太多燕瘦環肥他不該吃的東西
禍及天空也跟著肥了起來實在無啥道理卻有數據在此
在這麼肥大的天空又放上這麼一顆肥大的西紅柿！唉！
實如大象陪著一隻小小紅螞蟻散步這又衍生了另一主題
結論是大塊先肥了起來路人皆知他吃了多少肉一個夏季
而非本文所指涉的秋之原野竟有這般好胃口一切都收拾得乾乾淨淨原
來是靜候冬天的鍾馗來嫁他雪白如銀的妹子

燙一首詩
送嘴，趁熱

似秋陽那種乳房不只是肥而且一定下垂所以四十五歲以上的女人的乳
房都需要一部重型吊車此乃吾之評論主旨

刊載一九九六年三月四日《聯合報》

房子

那間
住過元朝
住過明朝
住過清朝
住過民國
的房子

如今住了一房子的
草！

也好

燙一首詩送嘴，趁熱

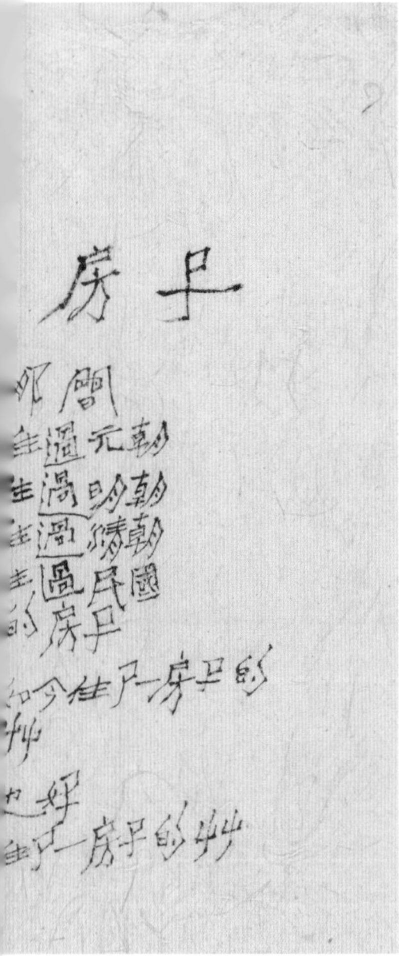

刊載一九八六年九月《創世紀》六十八期
收錄二〇〇六年《情趣小詩選》
二〇〇九年第十屆台北詩歌節詩選

燙一首詩
送嘴，趁熱

三味書屋的三味

一味

（徐青藤剛剛披著長髮從橋上走過）

斜對面是小小魯迅聽蟋蟀的百草園，一大早石板橋先走過小河枕著艾草的腳趴下，等小小魯迅的小腳丫子撓著橋的一級一級肋骨的癢癢走過去，河裡的魚在橋墩下等著小小魯迅給他們捉迷藏，一隻鯉魚爭著說：「莊子有口信帶來託我問你周家小孩快樂不快樂？」

（說得定陳老蓮手裡拿著畫稿剛從橋上走過）

一過橋書聲就把小小魯迅一把捉了個正著，阿Q這時可能正在土穀祠捉虱子，而祥林嫂卻正在灶下流淚燒洗。

什麼是三味呢？我覺得是素然無味！食不知味！不是滋味。牆上那隻梅花鹿是偷吃百草園的草吃肥的，還是吃書吃的墨肥？為啥子把他的書桌擺在老師背後，所以他才用小刀偷偷刻了一個「早」字，早個啥子事體？儂來猜猜看？是什麼什麼「早」？還是「早」什麼什應？還是就是一個「早」。

不過這時候他還不叫魯迅，他也不知道，他會叫魯迅。

（也許他也不認識阿Q和祥林嫂以及阿Q的虱子和祥林嫂的淚）

二味

（禹王廟在鬱鬱的會稽山上。王羲之在竹竹的蘭亭序裡）

書屋裡課桌上的小人兒都已化蝶不見了。只有小小魯迅還沒走，看著書桌上刻好的那個「早」字納悶？

「早」什麼呢？誰也不知道？老師也不知道，老師也早早的死了。只有小小魯迅至到今天依然還坐在那兒看著他刻的那個「早」字。小人兒心中的「早」字。跟小魯迅一直活到今天的「早」「早」的「早」

字呀。

三味

所以，沒有魯迅，三味書屋不會活到現在。如果沒有三味書屋，那張書桌也不會活到現在。因此，那個「早」字就不會刻在書桌上。不過，沒有三味書屋，魯迅也會活到現在。可是，沒有魯迅三味書屋也會存在，也許不會存在。

所以，沒有滿清腐敗，魯迅不會活到現在。如果，沒有內亂，魯迅就不會活到現在。因此，沒有革命，魯迅就不會活到現在。不過，革命成不成功，魯迅都會存在。可是沒有中國，魯迅就不會存在。

所以，救了孩子們的呼聲，依舊活到現在。因此，橫眉冷對千夫指的孤憤也跟著活到現在。如果，俯首甘為孺子牛依舊存在。不過，革命就不會活到現在。可是如果所以因此沒有革命，魯迅就不會所以因此如果活到現在。

所以，可是如果因此他只是個在書桌上刻個「早」字的小孩。

四味

所以，可是，如果，因此，再四回味以後……

身是菩提樹，心是明鏡台，時時常拂拭，塵埃復塵埃？

芭樂本非樹，魔鏡亦非台，本來無一物，你就是塵埃？

刊載一九九四年一月十九日《聯合報》

魯迅的「藥」

一進虹口公園就看見魯迅大夫高高坐在那兒賣藥看病！
魯迅自己就是一副重藥！
「橫眉」當然是藥，「濃髭」何嘗不是藥，阿Q是大藥，祥林嫂也非
小藥，孔乙己是藥，七大人也是藥！
譚嗣同是藥，XXX是藥，康有為是藥，梁啟超是藥，XXX是藥，
XXX也是藥。
鄒容是藥，陸皓東是藥，林覺民是藥，秋瑾更是藥！
孫逸仙是藥，汪精衛是藥，蔣介石是藥，毛澤東也是藥！
大家都是藥，良藥、苦藥、甜藥、毒藥都是藥，大家都想當醫生，大
家都覺得自己是好醫生。

大家都想治這個老人的病！

可是這個病，就是一代又一代一朝一朝又一朝的越治病越重！

驅逐韃虜。恢復中華。治病治死了滿清！這是一場大病！五族共和，軍閥割據，國共內戰，直到現在還是病病病！

（吳佩孚也說他是藥，閻錫山也說他是藥，張作霖也說他是藥，馮玉祥更說他是藥！）

滿身是病，越治越多的病，不治又是老毛病！

治病治出了春秋戰國，吃藥又吃出了戰國七雄，秦始皇是大病，非治不可，可是一投藥又藥出來楚漢相爭！

兩晉三國，南朝北國五胡亂華出了不少的醫生都想投藥治這個人的病！

自隋到了唐病輕了輕，不久五代殘唐又生了病，還沒算楊廣的病，又出了很多人搶著當醫生，投藥治病！

這個人吃了太多的藥，看了太多的醫生得了太多的病。

也許他這是以病養病，投了猛藥又病上加病，吃點開水出出汗病會不會輕，不過還是有病！

大家都想當醫生，卻不見得都是好醫生，藥就是病，吃了藥就會生病，不吃藥也會生病，最好不生病，不可能不生病！

醫生們應該先去治自己好為人治病的病，偏偏太多醫生都認為自己沒有病，這才是大病！

奴本是個多愁多病身呀
怎奈他又是個傾國傾城貌
怎麼這麼多人愛當醫生，愛給人看病！
魯迅先生！
魯迅先生！
您就坐在虹口公園裡繼續給人抓藥治病！

刊載一九九四年四月二十七日《聯合報》

生日派對

一百歲的時候
吾坐在搖椅上
從口袋里掏出來
以前那些歲月
慢慢咀嚼著
品嘗各種味道
偶爾會有粒沙子找麻煩
恨不得把他咬碎
可惜牙口不對了
記憶力相當衰微了

燙一首詩
送嘴，趁熱

經常忘了上廁所
所以，我的褲襠是沼澤地
雜草叢生沒有鳥類
只記得媽媽打屁股的樣子
現在這種板鴨屁股
恐怕打不出張力來了
媽媽的墳上白楊已經成林
她哪會再來打吾
我偷偷地假死給朋友發訃文
我裝死躺在棺材裡
聽吾那些好朋友罵我的壞話
譬如張默罵我小氣等等
聽那些老女人罵我薄情
笨！

當年他們是漂亮的
那時我也瀟灑
等他們罵完
我就從棺材裡站起來嚇唬他們
做為我的生日派對！

刊載一九九三年十二月《台灣詩學》五期

青藤書屋那根青藤

一九八幾年介根氏在山陰道上行走，不慎被一根青藤絆倒，是誰家青藤橫行竟敢絆倒介根餘孽定當興師問罪，回顧四周無一卒可興師？只好問罪來哉，命青藤帶路，竟然來到徐瘋子家中，徐渭瘋癲若此，難怪這些青藤如他書法之嫵媚頑皮，而自明至清、自清至今三百年來，你這枝青藤才長到山陰道上，我以為已經攀到嚴陵釣台。

我不明白書屋裡竹床上袒胸躺著搧扇者竟是陳老蓮那廝，正在跟自他畫上走下來的那一些怪羅漢及水滸頁子裡走來的魯智深、林沖、武松吃酒飲茶。而徐渭卻坐在石刻裡「一塵不到」，只把影子丟到「天池」裡餵魚。

「山陰道上真個應接不暇呀！」一根掛在樹上的青藤這麼說，「老管走好莫要再給青藤絆倒！」

不巧老管卻跟魯迅的祥林嫂撞上，撞了吾滿身的窮淚！

註：「一塵不到」乃徐渭親書木匾。「天池」乃徐氏在書屋所開之池。徐乃明代奇才書畫家。陳老蓮（洪綬）是真的因敬仰而住進青藤書屋，陳也是畫界一奇。祥林嫂住進青藤書屋絕對不會。

刊載一九九八年八月二十六日《聯合報》

一句詩

雕已　他一生是拿著雕刀把自己雕成一隻鳳凰

青蛙　青蛙站在荷葉上吟哦，眾荷款擺向月

石雕　水溫柔地穿過青石成溪，但石卻睜開了眼睛

櫻　紅櫻與鞭炮聯手炸了一地的落華，雪卻未來？

桔梗　桔梗開在荒寒山石的藍就是韓人粗獷的憂鬱呀

侍讀　秋把青空掃淨服侍雁公子學書

史　熟讀史可以喝到最沁人心脾的無常冷飲！

帝王　覽遍帝王家事方知也不過是些華服無賴流氓耳

還童湯　酒是唯一可化大人為小孩的孩童湯，喝多了可就會變成了瘋子。

壞　　　歷史沒有告訴楊廣怎麼壞才可愛怎麼壞才不可愛

乳　　　奴的乳房是給兒女吃喝的，第二才是性。

奢侈品　當乳房專為美而設便淪為只可把玩的奢侈品了

煙火　　煙火燦爛地沖天一怒，便完成了一生的絕響

癖　　　吃一點河豚，上一下吊，看看死亡的臉孔。

俠氣　　你借吾的頭用錦盒送去，不必告余借頭何用也

頭錢　　頭能值幾個大錢，願博佳人一笑耳

雙十　　吾們緊緊握著手奔向四面八方，囍

酒　　　三杯下肚後，人性漸醒衣裝漸退。

刊載一九八七年十二月冬季號《創世紀》七十二期

五柳先生不知何許人也
亦不詳其姓字
宅邊有五柳樹
因以為號焉閑靜少言
不慕榮利好讀書
不求甚解
每有會意欣然忘食
性嗜酒
而家貧不能恒得親舊
知其如此或置酒而招之造飲
輒盡期在必醉既醉
而退曾不吝情去留環
堵蕭然不蔽風日短褐
穿結簞瓢屢空晏如
嘗著文章自娛頗示己志
忘懷得失以此自終
贊曰
黔婁之妻有言不戚戚于貧賤不汲汲于
富貴其言茲若人之儔乎銜觴賦
詩以樂其志無懷氏之民歟

釘子說

「不是你要不要做釘子，而你就是一根釘子。」管子

不幸，你生而為一枚釘子，你有福了，
你立刻榮升為尷尬國的榮譽公民！

釘進去，就會寫出一本「論宿命論」大著。
不釘進去，正在寫一篇「不確定的年代」
也許是一本「曖昧的雙性」
（不釘進去是一位自由派放浪型虛無主義的釘子。）

（釘進去是一位保守派薛寶釵型上下班的釘子）
釘了進去又能拔出來的釘子，
據說是莊子，長了翅膀的釘子。

被釘之牆上之洞汩汩的流血，流了滿牆牡丹，洛陽之牡丹，流出了長江三峽，流出了黃河黑河紅河天河……
用過了的釘子躲在餅乾盒裡是一堆生了鏽的秦兵。

（希特勒萬歲！秦始皇萬歲！天皇萬歲！玉碎萬歲萬萬歲！），他媽的萬歲！
京畿吃緊，照樣請你鬼孫子拄著拐棍去玉碎！
噢！忘了喊——
柯梅尼萬歲！真主萬歲！
這就是當年老穆持劍的祖傳！

燙一首詩
送嘴，趁熱

可是即被生為一枚不幸的釘子
總會躍躍欲試，想去釘一釘的陋習
就像那個總想去洞房做新郎
把一塊白牆硬釘出很多窟窿
卻讓蜘蛛在洞裡結網
生為一枚不幸之釘
就禁不住要去釘
這是一種挺無賴的行業。

一隻那麼難捉的詩

聽說那首詩到了光緒年間僅僅還剩下了九行，僅僅九行！是這樣的，崇禎皇帝朱由檢唱完了「明末遺恨」這齣麒派戲，寫下了世世代代莫生帝王家的名言警句去煤山上吊自殺之後，那個說「闖王來不納糧」的起義軍還是想做大順皇帝的李自成活活吊死了那首詩的最後一行！吳三跪為了陳圓圓打開了山海關，努爾哈赤又開始從頭另寫那首詩。寫啊寫啊一直寫，經過康、雍、乾、嘉，寫到光緒三年才寫了九行！結果呢，被義和拳輕輕地一拳，就打去了一行，不能再打拳了呀。可是鴉片戰爭又給毒死了一行！還好，不過毒死了的辮子可不少，英國人就喜歡捉人家的小辮子！不是捉二妞的小辮子喲。住了不久慈禧老佛爺駕返瑤池又駕崩了一行！這首詩頂不住你們這樣糟蹋呀！可是李蓮英又活活地給閹去了一行！宣統二年又活活地被廢去了一行！從此就沒太監了？是誰說的，蘇格拉底說有皇帝的地方，必定有太監！有太監的地方，必定有皇帝！

不過一九一一年在武昌革命又革出了三行。可是袁大頭兵變又變去了一行！張作霖被炸又炸去了一行！吳佩孚中原一戰又戰去了一行，張宗昌又他媽兒巴子斃去了一行！馮玉祥耍詐又詐去了一行，某某某又一槍槍去了一行！某某某又一刀刀去了一行！又砍去了一行，冉剁去了一行！又燒了一行！再轟去了一行！又旱去了一行！再澇去了一行！又瘟去了一行！再蝗蟲吃去了一行！

這首詩，這首原本不錯的詩，已經被砍得詩不成其他媽的詩了。唉！

中國這首多災多難不好寫的詩啊！

刊載一九九一年二月六日《聯合報》

冬荷之塘之空椅矣

空空荷池之碗邊之空空
十五張空空長椅上一隻蜻蜓也沒站立之空空

塘水空空

千千紅唇千千綠裙俱已沉埋水底之空空
吾手中這一捧水中有多少綠裙紅唇的屍骸魂魄空空復
空空

第一張長椅空空無人

燙一首詩

送嘴，趁熱

第二張長椅空空無人

第三張長椅空空無人

第四張長椅空空無人

第五張長椅空空無人

第六張長椅空空無人

第七張長椅空空無人

第八張長椅空空無人

第九張長椅空空無人

第十張長椅空空無人

第十一張長椅空空無人

第十二張長椅空空無人

第十三張長椅空空無人

第十四張長椅空空無人

第十五張長椅空空無人

只殘留幾支菸蒂，幾根斷髮，幾堆笑聲，及數不清的情話，
尚殘留在滿目滄桑之長椅的瘦肩及一些殘踏過的衰草殘陽之中

空空

「卻都無人理睬這碗中千萬紅唇綠裙的鬼魂在淩波起舞！」
躲在椅下一位蒼老的「痰」這麼說
這位「老痰」說著卻敲起牙板唱起「哀江南」來了
「眼看他起朱樓，眼看他宴賓客。眼看他樓塌了。……」
一隻夜鷺站在碗邊靜靜的聽著！

刊載一九九一年一月《創世紀》八十二期

狀告月亮

唉！……但為何而死於這山頂之上總得問個清楚。

「他們是兩年前才搬來的。」鄰居們說。「他說山裡空氣好，拗不過他就搬來了。」「寧願放棄孩子們的學校。」他妻子說。「起初並不在意，後來每次那幾天，都回來很晚，問他，他總是支支吾吾說是去爬山，問他餓不餓？他又說吃過了，久了，才開始留意，也不想去惹他，我嫁給他就知道他瘋，他是個大孩子，要人疼。」「有人也跟我說，好像看見他在山頂上坐著吃什麼？我還說人家看錯了，他是在念詩，山上有什麼東西好吃？」「偶爾他會回來晚一點，也有一兩次整夜沒回來，可天一亮也就回來了，倒頭便睡，不吃不喝一整天，還說一點不餓！」「我說過他是個大孩子！」

可終於出了事，就這麼不明不白死在山頂上！

「我不信！他是這樣死的，我絕對不信！」

「媽，我相信！有天夜裡我起來小便，我看見很多月亮從爸爸的嘴裡一個一個往外跑，我還捉了幾個，弟弟的銅鈸就是我捉的月亮做的，不信？我書包裡還有兩個。」說著就去拿，果然是兩個銅鈸月亮！

「我還是不相信，他瘋是瘋，我不信我丈夫是吃月亮撐死的，好，如果是，我要去告月亮！」

「它為什麼讓我丈夫吃月亮？」

刊載一九九二年三月二十八日《聯合報》

鷓鴣幾隻

・

他知道他不該把枝李花剪下插入花瓶，頓然覺得猶如操刀殺人；此念一起間，身首異處了，李枝滴血入瓶，非關花瓶獨守空閨之情事。

・

樹蔭下的石頭生了一頭綠絨苔蘚，如坐石旁低眉之小沙彌之頭顱，阿彌陀佛！

・

五千年之中國歷史，若以一字狀之「餓」字可當之無愧，聖主明君那裡去了？

・「騙」之一字乃古今中外世人常用之字，無事不用，若來「真」的上至帝王下至愛人皆未必歡喜？

・用粉蠟筆在原野上畫畫的人而不是用水墨在原野上畫畫的人，那個人是春天薔薇科的。用水墨畫畫的呢。

・富翁把遺書藏在某處，到兒女們找到他的遺書那年，孩子們比他還老了，打開遺書一看，上面寫著：「青春」二字。

・最好吃的蘋果，是小鳥咬過的蘋果。那一個蘋果也不願小鳥來咬呀，不過？

・所有的萬歲都擦不乾淨鏡片裡有腐味的皺紋，把鏡子摔碎之後，才清楚聽到那些再也站不起來偉大的碎破！才清楚的看到那些再也不會芬芳的凋謝，呵！則天皇上！

•

薔薇就是這樣飛起來的，薔薇就是這樣飛起來的呀，薔薇心裡說：「飛吧」就飛起來了。

•

蜘蛛是自己結網自己又能跳出網羅的網者。而且能網住「飛」。江上的漁翁就不是。蝶也不是。

刊載一九九三年七月二十三日《中國時報》

蟬

一隻蟬飛進冰箱
牠看到冰們怕的直冒冷汗
「別怕！
蟬只是進來喝口冰水而已」

刊載一九九四年春季號《創世紀》九十八期

燙一首詩
送嘴，趁熱

餓史

東方有一個民族，他們整個一部厚厚的歷史，裡面只寫了一個大字，
那就是一個「餓」字。
他們一見面第一句話是問有沒有吃過飯
因為餓所以才不斷的殺人吃
因為餓所以才出了好多打天下的皇帝
因為餓所以才……？
所以才
相信吃肉皇帝！

一九九一年三月
刊載一九九三年十二月《創世紀》九十五、九十六期

村頭井邊桃花

在我們家鄉
俺把野花插在頭上
那個時侯的歲月
就像大家都愛吃的麥芽糖
脆脆的
甜甜的
另外還加上賣麥芽糖的鑼聲
不住的噹噹！噹噹！
噹噹！噹噹！

不住的噹噹！
山雞，在山頂上叫著
斑鳩，在斑鳩的林裡喊著
誰都知道
春天那個漢子
推著滿滿一車子
映山紅來到
於是
映山紅就那麼滿山的開著
那山雞呢？
就在那滿山的叫著
你知道嗎這時候山後陰裡還有沒化完的雪呢

春天那個漢子

就陪著他妹子燕兒
去南河沿
柳樹林子裡打鰍鱴
「俺說妹子
這鰍鱴打的
似乎早了點呢
你瞧，這柳條兒還正
鑲著金箍子呢
這河裡的泥鰍
還沒打洞呢
俺說
俺就用牛角刀子
做個柳條笛子
給你吹吹算啦

燙一首詩
送嘴，趁熱

這鞦韆麼先別打囉
小心，閃著小妹的楊柳腰哪
你就吹一齣吧
吹一齣小放牛兒
給為兄的聽聽吧
俺說小燕兒
妹子！」

於是
小燕兒妹子
坐在柳枝上
就真他娘的吹一齣
小放牛兒
給他那個傻哥哥

春天聽

「向陽門第春常在
積善人家慶有餘」
春聯上寫的明明白白的
年早已經過去囉
可是春天還沒過完呢
這個當口，百歲
都不得不背著書包上學堂
可是這書怎麼能唸得下去呢
這老鷹風箏麼
在屋簷底下等著他
這黑花老狗麼
在大麥地裡等著他

燙一首詩
送嘴，趁熱

這書
實在是唸不下呀
「人之初，初之人，
拿根棍，頂著門，
師父的眼鏡在留神
背不過書，就揍人。」
這書嘛，就叫他們去睏覺好囉
挨揍歸挨揍，先放了風箏再說
日子
像村頭上桃樹底下的水井
熱鬧的桃花插在百歲的頭上
水井像面菱花鏡
羞羞答答地
照著百歲的憨人影

當然
逢著年頭不好
百歲也會挨餓
不過，每到傍晚
家家戶戶的炊煙
照舊在冒著
誰沒過過艱年呢？
野菜吃過，榆樹皮吃過，柳芽兒也吃過
不過總覺得也許明年，也許
也許老天爺沒有睜開他的老花眼
瞧呢，村頭上井上面的桃花
不是依舊在開著
日子還是要過，總得，總得

給灶王老爺燒一把火吧
我們可以這麼說：
他們即使餓，也餓的值得
因為村頭上井裡的水是甜的
因為井上頭的桃花依舊在開著
因為老天爺也許會偶爾沒睜開眼

寒食過了，打過了鞦韆
四月八日，趕過了廟山
紅皮白瓤的水蘿蔔
也帶著鮮泥兒吃過
這時麥地裡的麥子已長高
山上的山雞也不天天叫
井上面那棵桃樹也結了桃

柳樹林子裡的牛卻拴了不少
百歲依舊背著書包上學校
雖然總爹說日本鬼子已經來到了蘆溝橋
說那個橋上石獅子的眼睛都氣得流了血
但百歲還是去上學
他這時不知道什麼是烽火
不過他只知道一點他們唸的書都變了
把人之初，改成天亮了
百歲也覺得挺不錯
天是該亮了
百歲憋了一宿的那潑尿
老是在火炕尿尿時
天就亮了。槐樹頭上喜鵲老在吵
天早該亮了！

燙一首詩

送嘴，趁熱

百歲等不及去柳蔭底下小河裡洗澡
去瓜田裡偷瓜吃
雖然聽說要打仗，娘的眉頭老打結
雖然聽說年頭不太平，爹的煙袋老是在冒火
可是百歲覺得沒有什麼
因為村頭上井上面那棵桃樹的桃子
依舊在結
他家的老母雞依舊在抱窩

突然有一天
天空真的響了鞭
那卻不是鞭炮的鞭
有一面紅紅的膏藥旗在他們村頭站
百歲和他爹娘逃了難

他爹背著他
逃上他早就想去而不敢去的高山
而百歲覺得逃逃難也挺不錯
一大群人躲在山洞裡
吃著平日不曾吃到的燙麵餅
聽著遠處的槍聲
大家都閒著沒事做
雖然大人們的臉色挺不好看
等他們從山上回到家
家裡已經翻了天
娘養的雞也沒啦
又吃了娘放在小罐裡不捨得吃的蛋
而且埋在地底下的金銀細軟
也一塊遭了難

百歲這才知道
說是逃難呀
實在是逃不了難！
這時那面紅紅的膏藥旗
已經從村頭上水井邊
硬生生的
走到他們小學的旗桿頂上站
雖然這時娘的眉結越打越多
雖然爹抽著旱煙袋不住的咳聲長嘆
雖然我們磨成的大白麵
不敢吃一口都餵了游擊隊
但只要老天不瞎眼
他們願意這樣捐
雖然一個村有四個村長[1]

雖然四個游擊隊都說抗戰
他們不管，也不敢管
他們只知道小心的把麥子磨成麵
等長官來了認捐
這時百歲雖然照上學
但學的有點艱難
百歲這才知道原來過日子
不像吃麥芽糖那麼簡單
不過，只要老天爺不瞎眼
他們寧願只種麥子，不吃餑餑
讓那些扛槍的長官來吃餑餑
因為他們相信
他們吃完了餑餑
總有一天他們會把那面紅紅的膏藥旗

趕下他們的旗桿
這時村頭上井上面的桃花
依舊開著
水井裡的井水
依舊甜著
不過賣麥芽糖的鑼聲
好久好久呀沒有來敲過囉！

終於有一天
那面紅紅的膏藥旗
被扯下旗桿來撕破
可是升上去的竟不是
百歲想看的旗子，青天白日滿地紅的旗子
這時他們才明白

到底是誰在抗戰
誰不在抗戰！
誰不是白吃了餑餑
誰白白糟蹋了大白麵
像百歲這樣的窮人家
也該到翻身的好日子啦
像百歲這個村子裡
得到翻身的不止一家子人家
但後來他們算算看，覺得
窮就窮著過吧
不翻身還能走，這一翻身呀
都把這一把老骨頭給翻碎囉
吃人家的嘴軟，使人家的手短
從今往後就全賣給幹部大爺啦

這個時候
百歲才覺得真的不好囉
這日子比穿針眼都難過啦
富的變窮，窮的更窮啦
天空這回真的冒了煙
但不是炊煙，卻是狼煙
於是百歲這小莊稼漢
就把風箏收拾一下放在閣棚上
把那隻黑花老狗交給爹娘
把他打鳥的彈弓送給鐵蛋兒
把他種的桃樹李樹狠狠澆了一擔水
他帶著二大爺給他用桃核兒刻的十八羅漢
還有幾本書離開了家鄉
他有點納悶，半部論語治天下

怎麼越治病越重呢
他要好好的念一念看
到底是啥麼地方配錯了藥方
這個時候
百歲兒，把槍背在肩上，把書掛在槍上
日子，還像村頭上桃樹底下的井
不過，卻有人硬向水井裡扔石頭
在百歲的心眼裡
水井邊上的桃花依舊在開著
永遠在開著
就像那口永遠喝不完的水井
百歲並不喜歡打仗，百歲原來也不是兵丁
所以呢，他老是把野花插在槍上
把書掛在槍上

不過狼吃了他的爹娘
吃了他的老狗
霸住了他那有桃花的家鄉
而且，不管年成好不好，
他們天天挨餓日日挨餓
到了傍晚，家家戶戶的煙筒依舊在睡著
找不到柴草去為灶王爺燒一把火
火光中也找不著娘那張開花的臉
他們餓著，但餓的不值得！
他們天天盼，日日盼
終於，他們知道了
老天爺真的瞎了眼
雖然，桃花依舊開著，當然開著
也許，也許

已經被砍掉燒了火
他把野花插在槍上
把書掛在槍上
走著走著，日日走著
這時他才知道
「噢！原來我們這個民族
也有魂呀！怎麼？
怎麼？我們的氣節
我們的魂，是這樣的！」
百歲他，天天行軍，天天打靶
他蓋著月亮鋪著青草過
他喝著風喝著雨，喝著泥濘過
不為別的
為了桃花井邊那些

燙一首詩
送嘴，趁熱

那些挨不住的餓
為了要使樹上面的桃花
依舊的開著
永遠的開著

百歲把野花插在槍上
把書掛在槍上
日夜夜奔泊著，奔泊著
為了要贏回來那人人都喜歡的
賣麥芽糖的歲月
為了使家家戶戶的炊煙不住的冒著
為了使村頭上井上面
那棵桃花
依舊在為著百歲開著

永遠在開著
拚命在開著
不住的在開著
桃花！
開著！
桃花！
開著！

註1：抗戰時在山東某些縣份某些村中會設有四個村長，即接待中央游擊隊一個，應付土八路一個，應付偽軍一個，應付日本人一個。

刊載一九八一年一月二十七日《中國時報》時報文學獎作品

輯四

雪的味道

裳

那些落下的花瓣
是一個女子
撕碎的嫁衣裳

樹下躺著的果子
是伊不小心生下的孩子
不必這樣撕著過一生麼？
累壞了相思

刊載一九八五年十二月《創世紀》六十七期

那些落下的瑩瓣是一個女子
撕碎的嫁衣裳
樹下躺著的葉子是伊
不小心生下的孩子
不必這樣 這樣撕著撕著過一生麼?
累壞了想思
2018 秋

燙一首詩
送嘴，趁熱

小石頭

樹蔭下
石頭先生
長了一頭綠頭髮

媽媽
早安

刊載一九八六年九月《創世紀》六十八期

那個年代的母親啊！

——紀念母親

媽媽生吾們時，是一九二九年，在北方鄉下，女人生孩子，是九死一生，那種窮鄉，壓根見沒有醫生，媽媽為了吾們，是在拚老命。

（那時，皇清才亡不久，民國還正年經，真是國事如麻，民不聊生。改朝換代，苦了老百姓，弔民伐罪，還是苦了老百姓。）

爹爹在外鄉闖，媽媽帶著吾們守著恐怖的空房，還有一個恐怖的天井，一盞孤燈，半個死白的月亮，更守著那夜夜都會有土匪來砸門的兵荒馬亂的年景！

（的確，皇清才亡不久，民國還正年輕，軍閥割據，艸菅人命。
那一個皇帝為了老百姓？那一個朝代為了老百姓？）

不管春夏秋冬，只要天一黑，媽媽的心就吊在半懸空，擔心土匪來綁
票，擔心土匪來姦淫，誰家也顧不了誰，家家戶戶都是等著宰的畜牲！

（宣統已退位，民國才十八，國事蜩螗，五胡亂了華。
你也鬧革命，他也搞革命，大家都來玩革命，慘了的是春風燒不盡，
野火吹又生！）

日本打中國，媽媽帶著吾們逃難四處躲，在異族的鐵蹄下，忍辱偷生
把吾們拉把大，抗戰剛勝利，本想喘口氣，又誰知家鄉又變成了赤紅。
打打談談，烽火連天，生靈塗塗炭炭，一九四九那一年，很多的孩子
離開了家，吾們的母親哭瞎了眼。

天天哭、天天盼，「抗美援朝打韓戰」一年一年又一年，天天吃著望兒歸的飯。

（皇朝早已死亡，民族還是生病，中國人為什麼這麼自私？中國人為什麼這麼無人性？中國人為什麼這麼喜歡戰爭，中國人為什麼這麼喜歡鬧革命，能不能，不要再他媽的草菅人命！）

刊載一九八七年三月二十日《自立晚報》

娘鞋

開放探親後，不久他收到一包家鄉寄來的包裹，便絛說：「哥！這是娘臨終給你留下的東西。妹芹君筆」

是老娘給我縫的一雙鞋，鞋太小了，娘還以為我離家時的十五少年。他仔細撫摸著鞋像坐在娘懷裡，突然他哇的一聲石破天驚起來。他指鞋底給我看，原來鞋底粗麻繩繡的有字，不多，只有兩個字「心肝」。是旋機繡法一個連一個。

「別哭了，有我！」

怪的他天天說我像他娘！「別哭了，有我嘛！」

刊載二〇〇三年五月二十四日《聯合報》
刊載二〇〇三年六月十七日《世界日報》

十六把剪刀

1

分開
是兩把刀
釘在一塊是一把刀
　牙齒咬著牙齒
　　纏綿的咬著！
　　繾綣的咬著！
　　連理的咬著！
　　比翼的咬著！
　　並蒂的咬著！

交頸的咬著！
痛痛苦苦痛痛苦苦的咬著！
（分開不就沒事了？
哈！分開？分開又算什麼他媽的剪刀！）

2

一把剪刀
張著口
躺在那兒
什麼也沒剪？
其實，
剪了一些東西
剪了好多東西
剪了月色，剪了晚霞，剪了秋霜，剪了春韭，剪了寒蟬，剪了春柳，剪了蔦蘿，剪了晚鐘，剪了杏花，剪了牡丹，剪了紅燭，剪了春衫，剪了夏荷，剪了青絲，剪了丁香，剪了秋雨，剪了冬夜，剪了東風，剪了春花，剪了秋月，剪了落花，剪了歸燕，剪了紅顏啊，剪了少年！剪了又剪！剪了又剪……
都把楊柳剪出血來
還是一個勁兒的剪！

3

男女就是一把剪
分開是兩把刀
若合在一塊就是一把死咬著不放的剪刀
這一心呀就咬到地老天老
剪刀就像愛情嗎？
剪刀說：「絕對不像！」

4

能剪斷一些什麼呢？
又不能剪斷一些什麼？
正在剪著一些什麼？
不去剪著一些什麼？
剪碎了一些什麼？
剪出了一些什麼？
剪死了一些什麼？
剪活了一些什麼？
怕剪了一些什麼？
敢剪一些什麼？
剪了又剪剪了又剪剪了又剪了一些什麼？

剪刀剪著剪刀的剪刀呀

5

能把一塊布剪出一件衣裳
能把一張紙剪出一些窗花
能把一個頭剪出一些青絲
能把一塊地剪出一些地圖
能把一條河剪出幾條清溪
能把一座山剪出幾座山巒

能把一部歷史剪出了幾塊幾塊歷史！

就是不能把剪了下來的——
再剪了回去！

剪啊！愛剪就他媽的天天剪呀

6

你雖能把一件羅裙剪成滿地的落英！
可是就算你用燕子的雙剪也剪不回走遠了的紫藤
可是就讓你用杏眼的雙剪也剪不回落了塵埃的暮色

7

剪一塊廬山雲來做衣裳
不如剪一塊三峽水來做衣裳
剪一塊三峽水來做衣裳
不如剪一塊長江水來做衣裳
剪一塊長江水來做衣裳
不如剪一塊錢江潮來做衣裳

剪一塊錢江潮來做衣裳
不如剪一塊崑崙雪來做衣裳
剪一塊崑崙雪來做衣裳
不如剪一塊桂林山做衣裳
剪一塊桂林山做衣裳
不如剪一塊黃山松做衣裳
剪一塊黃山松做衣裳
不如剪一塊華山石做衣裳
剪一塊華山石做衣裳
不如剪一塊峨嵋繡做衣裳
剪一塊峨嵋繡做衣裳
不如剪一塊星宿海來做衣裳
剪一塊星宿海來做衣裳
不如剪一塊樓蘭土來做衣裳

8

剪一塊樓蘭土來做衣裳
不如剪一塊三鐔月來做衣裳
剪一塊三鐔月來做衣裳
不如剪一塊長城磚來做衣裳
剪一塊長城磚來做衣裳
不如剪一塊松花江來做衣裳
剪一塊松花江來做衣裳
不如剪一塊西江月做衣裳
剪一塊西江月做衣裳
不如剪一塊黃河水做衣裳
剪一塊黃河水做衣裳
不如，不如呀，剪一塊老娘織的布來做衣裳！

分開來的剪刀呀
十月裡的寒衣要叫奴家怎麼去剪裁呀
真是白白浪費了，浪費了呀奴家一手多俊的繡工夫！

9

誰來把地球剪上一刀
叫地球飛掉
把那些野心的獨夫皇帝們統統都摔到海裡餵鯊魚去

10

只要你有一把剪刀
就可以把鄉愁剪掉
只要你有一把剪刀
就可以把夏商周剪掉

只要你有一把剪刀
就可以把他媽的長長長長的江水剪掉

你到底有沒有那把剪刀
你到底願不願意剪掉
你到底能不能剪得掉⁉

11

想剪斷的卻剪不斷
不想剪斷的卻一剪就斷了
愛情一剪就斷
卻又越剪越亂
青春一剪就斷
卻又不由著你來剪

　而病兒剪不斷
　而死兒剪不斷
　而相思剪也剪呀剪不斷
請問商隱呀這時間
這錦瑟的時間剪斷剪不斷

12

你必須要挨那宿命的一剪
這樣你才能告別臍帶
這樣你才能成為遨翔於海峽的海鷗
天地之間孤傲的一隻鷗鳥

13

能剪不

燙一首詩
送嘴，趁熱

能剪指甲
能剪鐵
能剪頭髮
能剪憤怒的拳頭
能剪抗議的嘴巴
但就是不怕剪的東西

（窗前雨後的野草！）

14

李易安用過的一把剪刀戴著手銬靜靜地鎖在玻璃櫥裡躺著的剪刀
櫥邊立著一個牌子寫到道：
「宋大詞家李清照女史所用之剪刀，
危險勿近，最愛傷人！」

15

即被命名為一把剪刀
他張口閉口總是在剪著一些東西
剪著風，剪著東風
剪著雨，剪著秋雨
剪著晨昏，剪著稻禾的露，剪著黃昏的雨
剪著春秋，剪著晚春的躑躅，剪著秋風裡的梧桐
剪著你的朱顏粉頸
剪著你小小的尤怨
剪著你輕輕的情愁
剪著你暗咬銀牙的恨意
剪著你綿綿綿綿的相思
剪著你輾轉輾轉的懷念

剪著你的憔憔悴悴
剪著你情淚滴滴
剪著你來，剪著吾呀
從十五的圓剪成了彎彎的一鉤新月

啊！生命之剪呀！時間之剪呀！
宇宙之剪呀，愛之剪！
越剪越碎的人生啊
越剪越瘦的愛情啊
越剪越病了的愛情

16

分開了的兩股剪刀
再剪在一起要跋涉多少多少迢迢的崎崎嶇嶇

而即被生為一把剪刀
註定了是要結縭在一起的
一股只是把刀，只會刺！
兩股結合在一起才是剪，又可以剪裁又可以刺！
可是已經分開了兩股剪刀
天涯海角參商不齊的再剪在一塊怕怕是很難很難了
沒看過分家另過的兄弟
沒見過分開了的夫妻
因為，因為誰都是一把被刺傷的刀子
卻斷斷不是把剪子
而最糟的是連結剪子臍帶呀
恐怕已經鏽得不中用了呢
而這小小的臍
到底流落在那裡

燙一首詩
送嘴，趁熱

這命根子到底流落在那裡？
剪吶！你們拚命剪呀
你們不就會拚命剪嘛！
你們不是就會你來我往的剪嗎
其實就會自己剪自己！
無恥的剪著自己的兄弟！

後記

詩人張拓蕪的親人自老家安徽給他捎來剪刀一把鞋子一雙，挺詩意，詩而有感，感而有動，動而有了詩，以誌。

刊載《聯合文學》第六卷第八期

據說詩是毒品

詩人節頂想要做的事
就是把詩人通通閹掉
據說詩是一種美麗且上癮的毒品
該畫張畫了
用粉蠟筆畫一張女人
只畫嘴唇和乳房
放在靠床的牆上
做下酒的小菜
只畫一張就好
吃多了會醉倒

燙一首詩
送嘴，趁熱

把李白的像拿下來
剪成紙塊再貼在新聞紙上
叫他們猜是什麼玩藝
然後告訴他們
他是一個不可救藥的私酒販子
也應該談戀愛了
不能讓女子的衣裳
穿得越來越少
當然不能生小孩
做父親或丈夫都非詩人的職業
談了戀愛就夠一首詩的重量了
不能談成一本詩集
詩集沒有出版社肯出版
她會給他吃很多蜂蜜醃的大蒜

以及一方大理石雕的身體
乳房總是需要的
但不必太大
太大就會併發懼高症
萬一她要來首詩
就用指甲寫在她背上吧
或者用牙齒
書法該走瘦金體路子
或者用刀刻
刻一幅宋版木刻怕痛就親她幾下
也讓她在你背上刻一幅嘛
然後去深山小溪裡洗個澡
緊緊抱著潛下去
在水底

燙一首詩
送嘴，趁熱

寫一首散文詩
不能太熱情
像是兩杯
冰過的橙汁

收錄二〇〇三年台北國際詩歌節專輯《最想念給你聽的一首詩》

絕句第十一

1

秋風把天空的落葉都掃淨了
留下一卷長長的宣紙
等著誰來寫家書

2

是誰在敲門呀
開門一看
原來是雪妹子

3

望著月亮走
走一圈又一圈
在地上走出一個月亮來

4

樹上的蟬
望著遠方
哭斷了肝腸

5

雪是溫柔的呀
跌倒手心裡
立刻便流淚

6

雪她掉進火裡
被燒的小聲呻吟

7

光腳站在春泥裡
看著自己
發芽開花

8

遇到春雨
吾便脫光了走路

9

深夜歸來
一隻野狗跟著吾
想要跟吾說話
但當吾轉身問牠
牠卻又落荒逃走了

10

深夜
被一陣鞭炮聲炸醒
摸到身旁的妻
才明白不是在戰壕裡

11

一輛警車
自遠方長嘯而過
不知是病人

山之外

山之外山之外
是獅子
山之外山之外
是家鄉
山之外山之外
是波浪
山之外山之外
是墓場
山之外山之外
是月亮

山之外山之外
是戰場

刊載一九八六年九月《創世紀》六十八期

放牛

孩子放牛
牛放草
草放山
山放雲
雲放孩子

大人們在山外打仗
大人們在山外打仗

媽媽

為了孩子們的餓
當了
私娼

刊載一九八六年九月《創世紀》六十八期

六面牆

——放下布袋何等自在

每個人就是一面牆父親給你一些牆，母親給你一些牆，祖父給你一些牆，薔薇給你一些牆，龍給你一些牆，兄弟姊妹給你一些牆，堯舜禹給你一些牆，唐宋元明給你一些牆。親戚朋友給你一些牆，驢給你一些牆，螞蟻給你一些牆，社會給你一些牆，學校給你一些牆，李耳給你一些牆，黃巢給你一些牆，國家給你一些牆，春秋戰國給你一些牆，芙蕖給你一些牆，燕子給你一些牆，希臘給你一些牆。梁楷給你一些牆，民族給你一些牆，石濤給你一些牆，陶潛給你一些牆，蘇軾給你一些牆，妻子給你一些牆，杜甫給你一些牆，兒女給你一些牆，孟軻給你一些牆，莊周給你一些牆，愛人給你一些牆，名剎給你一些牆，宗教給你一些牆，宋江給你一些牆，林黛玉給你一些牆，項羽給你一些牆，成吉思汗給你一些牆，落日給你一些牆，李白給你一些牆，胃病給你一些牆，菸酒給你一些牆，鄭板橋給你一些牆，敦煌給你一些牆，月亮給你一些牆，萬里長城給你一些牆

你是眾牆之中想衝出去的一面牆！又撞上了宇宙的那面牆

你在眾牆之中，你是眾牆之中的一面牆，並不是一塊死硬無救的磚頭。

而死又是最後的一面牆！

怎樣才是無牆之吾？怎樣才是非牆之牆？

也不能去做水中之水火中之火

也許可以燃燒但絕不會化為鳳凰！

刊載一九八七年一月九日《自由時報》

把他醃起來

那麼就把他醃起來好了

一半用蜜來醃
一半用鹽來醃
一半用醋來醃

醃起來就不會變味道
而且，隨時都可以吃
愛吃甜的，就吃蜜醃的
愛吃鹹的；就吃鹽醃的

愛吃酸的，當然就吃醋醃的了

他說如果吃光了
就用醃他的滷汁泡飯吃
滷汁也吃光了哪
樂意，就把自己也醃進缸裡去
就用醃過吾的滷汁來醃你自己
甜甜的醃上一輩子
鹹鹹的醃上一輩子
酸酸的醃上一輩子
再也不會變了味道了
誰敢說再也不會變了味道？
不必管他了
先把他醃起來再說

刊載一九八七年三月十八日《自由時報》

依然此柳

用柳絲呼喚你的小名還不夠纏嗎？
你卻頭也不回的鞭著奴的花驄馬兒，
踏著吾的，是踏著吾的呀千株絲萬株柳呀
頭也不回的揚長出關而去！
說什麼說？樓蘭國有上好的天馬等你騎，
哼！天山的月兒就是等著你騎呢。
你呀，你的心就是天山的雪，天山的雪呀
踏著奴的千株絲，踏著奴的萬株柳，
千千株柳絲，萬萬株絲柳，狠心的踏著呀
揚長而去！

柳葉青青柳葉兒黃
剛剛才過端陽呢，
抬眼兒卻又到了中秋了
唉，今年怕又會在
半陰半圓的船上度過
你說你要當個薛平貴呀，奴是那受苦的
王寶釧，吾恨死那個代戰公主啦。
嫦兒娥兒又會來吾家天井吃餅說話兒
吳剛呀吳剛
你就把那棵桂樹使勁多砍它幾斧吧
吾就是要讓那些丹桂早早飄零了滿漓江
陽朔的山水再秀，也秀不過你的雙眉

燙一首詩
送嘴，趁熱

在那麼大的一塊紫藍竹布上
只畫上你那一張白淨的大臉兒
走不是太達達主義了一點兒呢
也該低頭看看奴家嘛
你說你的馬兒已經繫在門前的柳絲上了
怎麼？奴家卻沒聽見馬嘶
吾看馬兒是脫韁入山了，你又在騙吾
騙吾騙吾！踏著奴的千絲萬柳騙吾
騙吾說桂林的山水依舊，陽朔的山水依然
那你幹嘛，出了陽關，頭也不回的出了陽關！

刊載一九八八年十一月二十七日《中華副刊》

蘭花圖卷

一盆蘭花開在他的書桌上
極像坐在他對面那個朋友

閒閒的坐著
不想說話
默默的喝茶

有一點淡淡淡淡的
香氣跑出來

燙一首詩
送嘴，趁熱

「你說你是從鄭板橋的
畫裡跑出來的嗎？」

「也許是的
不過，不是他畫的
那棵蘭花」

刊載一九八三年五月九日《台灣新聞西子灣報》

雪的味道

在愛荷華看到下雪
跟在合歡山看到下雪大不相同
也跟在山東看到下雪大不相同
雪可能是一樣的雪
可是，就覺得有點兒不同

三十多年才在愛荷華看到下大雪
看到少年時在家鄉看到的大雪
應該感動他卻沒有感動
如果是十年八年看到下大雪

他一點都不感動
所謂家鄉是好遠好遠的古董了
就跟它箱子裡放的那一張兒時相片一樣
只是一張陳舊的照片而已
丟了可惜，不丟也可惜
看不出一點自己的影子

三十多年在愛荷華看到的大雪
那不像特意去合歡山看下雪
甚至用酒瓶子裝一瓶子帶回家來
請妻子兒女來看的雪
「雪，來看雪！」
他們卻說：「那是水，可不是雪。」
「那是雪化的水，不是水

雪有雪的味道。」
他們又說：「那壓根兒是些涼水
還摻了一點酒味，
但絕對不是雪！」

雪有雪的味道
「什麼是雪的味道？」
他們問他：
「雪嗎？雪像刨冰的味道
不對！
總之雪有雪的味道。」

雖然，雪特有雪的味道
但你們不知道也好

燙一首詩
送嘴，趁熱

因為，雪總不是一種棉花的味道
而且，吾們的老家幾乎天天在下雪
那就更不是味道
天天下雪總不是冰淇淋的味道

踏雪尋梅總是衣食足而後才幹的雅事，
不知道雪的味道沒什麼了不起
他就把裝雪的酒瓶子摔掉
管他媽的雪是什麼味道

因為
再住上幾十年
他的頭髮上就會下大雪了。
那時總會讓你知道

雪是什麼個味道！

刊載一九八三年五月《創世紀》六十一期

荼靡了的蚊子

那是荼靡落了最後三朵一個晚春的夜晚。

好久沒看見蚊子了，今夜突然的來訪覺得淋雨般的新鮮，我想我就讓你吃個飽好了。也許這是你出生以來吃到的第一口血，如同我今春聽到你剛才的歌聲那麼新鮮！

我深情的看著你在我大腿上吸食，兩腿瘦瘦的後腿恣意的舞動著，忘我狼吞虎嚥著！吸食著我儲藏了一冬的鮮血。

你饞得吃了太多太多，竟然醉得飛都飛不動了。為什麼要這麼饕餮呢？我又不是不准你再來吃！看你吃成這個樣子呀！飛不多遠必定會被蛤蟆吃掉的！我怎麼會讓你被那些東西吃掉？這是我倆的血呢，我絕不能讓別的東西來吃掉你！

唉！我看，我就把你殺了吧？好嗎？就讓我殺了你吧？好嗎？噢！我，我絕不准許你被別的東西吃掉！你是我的！你這一輩子都是我的！好嗎？讓我殺了你，讓我很溫柔很溫柔很愛憐很愛憐的殺了你！

噢！我要殺你了！

我用蔥白蔥白的塗著胭脂的手指殺你，把你殺死在剛剛洗過的潔白的白被單上。

啊！你死了！你是我的了。你留下一滴鮮豔跳動的血！我倆的血！

我把你這滴血，畫了一朵花在白被單上！做個紀念可以嗎？

不知怎的我突然記起了南明那把濺了血的桃花扇，大島渚的「感官世界」。

唉！

再來一隻我該怎麼辦我？

七十八年秋十月邋遢齋

刊載一九八九年十一月冬季號《創世紀》七十七期

殘唐剩宋遺事

從春的嬰綠想到秋之老紅
楓葉丫環說罷就振翅去接那
自北地捎來口信的雁大哥
說給那些多載未親慈顏的征人聽

「怎麼？仗還沒打完嗎？
聽說貴妃賜死。明皇幸蜀
幼帝即位靈武。黃巢殺人八百萬！
要等何時才敢叫醒那春閨夢裡的媳婦？」

年年秋深只盼著雁的口信
可是除卻叮嚀
兒更想知到
髮白眼昏是意料中的事
想牙口早已吃不得乾糧，兒不在身旁，
誰為娘親煮粥？誰為娘親盥洗？
誰為娘親垂背？誰為娘親繞膝？
夢裡的媳婦已改嫁遠去！

即是五台為僧
也難以放心煨芋
噢噢！
「天波府拋卻了年邁的娘親！」

刊載一九八五年十二月《創世紀》六十七期

疤

——歷史也不過是一個疤痕，生命也是

現在覺得那是絕對的不小心
留下那個疤痕
美麗的疤痕

開始，吾有點怕
那把匕首寒寒的眼神
漸漸，吾有點喜歡
匕首那把寒寒的眼神
真是沒有救的
吾不知道，吾是怎麼那麼的想去碰它

雖然，吾有一點點怕
終於，吾好像情願叫匕首來割吾
吾怎麼會那麼癡
吾看著血慢慢流出吾光滑的皮袋
吾俯耳去聽吾身上淙淙的水聲
吾身上竟出現一個小小的星宿海哪
吾全都忘了痛苦
興奮的看著吾的血奔流
宛宛轉轉的像一條小小的黃河

就是吾這個疤痕
美麗的疤痕
吾不應該說是不小心
吾實在不知道

再碰到一把美麗的匕首
會不會又傻的去碰它
真是不明白
怎會叫一把刀子來割吾
留下一個疤痕
美麗的疤痕
就因為我是一個女人
或者是個男人。

一九八五冬，新店還過齋

刊載一九八六年一月十日《台灣新聞報》

曾經，一個名字叫淡淡的女人

一條亮藍亮藍的絲腰帶，繫在那個小名叫歲月的女子腰間，
那是光緒年間。
伊曾經，嫁得一門好夫婿，曾經……
曾經愛伊，曾經疼伊，曾經富過，曾經貴過，曾經榮華過，
曾經風流過，曾經，……。
伊為他生了一大堆孩子，曾經……。
兒孫們拿他擦鼻涕擦屎尿擦油垢，弄髒了舊了那條亮藍的絲腰帶，
仍然在伊腰間繫著的絲腰帶
一個孤單滿臉皺紋滿臉油汙的髒老太太

燙一首詩
送嘴，趁熱

伊永遠忘不了
她當年
腰間那條藍
光緒年間的
那條亮藍

刊載一九八四年十月《創世紀》六十五期

假如

——給那些愛的死去活來的人

假如我們是生在秦朝
那麼我是萬喜良
你是小孟姜
假如我們是生在漢朝
那麼吾是梁鴻
你是孟光
假如我們是生在唐朝
那麼你是楊玉環
我是唐明皇
假如我們是生在元朝

燙一首詩
送嘴，趁熱

那麼你是管仲姬
我是趙子昂
假如我們是生在宋朝
那麼我是陸放翁
你是唐蕙仙
假如我們是生在清朝
那麼我是蔣坦
你是秋芙
假如我們是生在蘇州
那麼你是芸娘
我是沈浮
假如我們是生在天上
那麼你是織女
我是牛郎

假如我們是生在民國
那麼你是陸小曼
我是徐志摩
可是我們是生在現在
那麼你也不是牡丹
我也不是芍藥

刊載一九八四年十月《創世紀》六十五期

藕斷集

‧螻蛄從昨夜開始起吟叫。晨起見螻蛄翻的新土壓住了剛出土的小草的臉，霸道！

‧夜雨後，有蛙鼓自東播來，原來那邊有三家池塘。

‧天上的雨停了，桐樹下的雨繼續下著。

‧黃色小雀，嘴裡銜著一根草，在我窗前樹上站了一會又飛走了，很像個大丈夫吧？

‧夏日午後，一陣驟雨跑過，柏油路面上生著白煙。

‧夜雨暴跳，一道閃電劈過，照亮遠處樹群。

‧夏日上午，窗外鳥語潑辣，拉上窗簾，關掉音樂，闔上書。

・樹蔭下的石頭生了一頭綠頭髮，只有蝸牛守著。

・古松醜醜的鱗皮下躲著不少小蟲子，大螞蟻在鱗皮上揚長而過！

・冬夜就怕有生人敲門，比鬼還怕人，在鄉間。

・兵荒馬亂之年，白天的家還有用，天一黑家裡最怕兵荒馬亂，大門開著怕，關著更怕，門一點用都沒有了。

・兵荒馬亂的年景，媽媽的心天一黑就吊起來了。緊緊摟著兒子一夜不放。

・兵荒馬亂之年的深夜，一抬頭驚見一個人在窗外向裡看。

・老松幹上的螞蟻特別壯健雄赳，好像身上也有松香。

・對著一塊淋過雨生滿各種苔蘚的溪石看了好久好久。

・打開窗子想讓樹葉的味道飛進來，卻先飛進來一隻細腰蜂。

・鳳凰木的紅，鳳凰木的綠，鳳凰木的熱。

・大雨過後，遠望南大武山，周身長滿了瀑布。

・吃過的檬果核，丟到潮濕草地，不久就是一棵小檬果樹。

- 一塊不適合播種的荒地上，一棵桃樹開著花，是誰來這裡吃桃子？
- 蟬在樹幹上嘹亮，你一走近，牠就不唱。
- 神父正在禱告，一個咳嗽忍了又忍終於咳了出來，咳嗽怪不好意思。
- 冬夜，一隻狗在靜靜的大街上匆匆走過，像在逃避什麼，又像在撿食月光。
- 清明節偎在大姐姐懷裡打鞦韆，至今忘不了那種女兒香。
- 唯一的一封父親家書，住一陣就拿出來讀一次，每次讀到都不是信上寫的字，是父母的容顏，是一本厚厚的從前相片簿。
- 母親送給我那兩塊銀元，帶來帶去，磨得透亮。
- 遠山起霧，眼看著一個山頭叫霧吃掉了。
- 把燈熄掉，打開窗讓夜進來坐，什麼也不必做了。
- 站著看窗外一片黑，知道黑裡面有緣。
- 在車上看到一個麗人，多想再看一會，但車子開了，今生難得再見。
- 大樹枝上吊著一個鞦韆，沒有人打，風在打。

• 分別時，手緊緊握著，眼深深看著，眼手在忙著說悄悄話。

• 遠方的火車驚醒了小鎮，一匹狼在墳頭上仰頭號著，冬夜。

• 一隻不知名的大鳥在秋天的星空下呱呱飛過。

• 看老松上的螞蟻跑，看了一個上午，睡著了。

• 把一塊長滿石花的石頭搬回來，放在一個盆裡澆水，想看石花生長，以及看石頭以外沒搬回來的那些野。

• 隔溪山半坡一戶農家屋前一棵紅櫻燃燒，照亮半山蒼綠。

• 樹叢下但聞淙淙水聲，卻不見溪水真面。

• 溪流是一根飛天的彩帶，在石頭上打個結又流下去了。

• 鳳凰花在綠枝上著了火，對盲者這麼說。

• 盲者問什麼是綠呀？綠就是夏天對不對？

• 悶熱中，蟬怯怯地叫著，也怕出汗。

• 故意不關窗，讓書桌上吹上一些野櫻花瓣。

• 把一個小鳥廢棄的鳥窩和一個細腰蜂用完的蜂窩放在書桌上做擺

設。

• 書桌上落了一層薄薄的塵埃，我已三天不上書桌了，塵埃在生氣！

• 廿歲的乳房，還生著青苔，怎麼得了。

• 他身上就長著那種漢唐的狂放痛快。

• 只要房子前面有座山，那就什麼都有了。

• 清晨起來，一開窗就看見山在梳頭。

• 梧桐花開了，滿樹像落滿白鷺鷥。

• 牽牛花竟大膽的爬上樹頭開花，誰說不可以。

• 養在罈子裡的野薑花雖香走滿室，就是聽不到水聲。

刊載一九八六年二月十九日《聯合報》

輯五

清蒸黃昏

漁人

漁人網了一條黃昏
掛在一根新月上
等著出售

只有酒鬼劉伶敢來買
他把那條黃昏放進華清池裡清蒸了
想想倒是一道下酒的好菜，
他就去敲陶老頭的門來飲

刊載二〇〇七年一月二十七日《聯合報》

漁人網了一條黃昏
掛在一根新月上
等著出售
只有酒鬼劉伶敢來買
他把那條黃昏放進華清池里[illegible]發戶
想想倒是一道下酒的好菜
他就去敲陶老頭的門來飲

舟

那一群躺在沙灘上的小舟
是一群躺在沙灘上曬太陽的漢子
曬過太陽之後的男子
就是那群飛向海上的沙鷗
那一隻未從飛去的鷗鳥
是那一隻把纜繫在樹下的
鞋子

刊載一九七三年三月一日《創世紀》詩刊三十二期

車

他只是一直看著山間
那一群
飛翔
只因為
車掌叫他
下車
突然
一隻鳥
自山間
跌落

刊載一九七三年三月一日《創世紀》三十二期

奶子

吾女綠冬
發現吾身上也有兩顆
像他娘一樣的奶子
只不過小了一點
像一粒胡椒
還帶著幾根葉子
人飢不擇食
就一口咬著我的奶子
拚命的吸
吸!!

吸!!
突然望胸一掌把我震開去
把嘴一裂
把眼一閉
施展出她生平絕技的啼功
馬上眼睛間花飛花謝
立即嘴巴裡鶴唳猿啼

女兒，有奶的未必是娘
雖然吾與綠冬
都是裸體

刊載一九七四年一月十五日《創世紀》三十六期

燈火

每天晚上，吾們都在窗上點上一盞燈，一直點到天亮。吾們希望那些奔波於海上的船，都可以看到吾們家的燈火。若是所有的濱海人家都有一扇窗向著海，若是每個海上都有窗給的燈火，那麼圍繞著海的是一家一家的燈火，那麼圍繞著燈火的是一海一海的波浪。

二三燈火是瓜州呀。

刊載一九七四年一月十五日《創世紀》三十六期

陰曆八月十七日之月亮

八月十七日那一夜的天空
是娘那件洗了又洗的天空
漿了又漿補了又補的天空
薄得不能再薄的天空
輕輕一扯都會扯出一道口子的
夏布衫的天空

那個月亮
就是夏布衫上一個月亮
一個說圓不圓的月亮

燙一首詩
送嘴，趁熱

說偏又不偏的月亮破布補綻

這個月亮
洗得乾淨淨的月亮
連一點汗臭味都沒有的月亮

噢！娘！到底誰是月亮？
「碧海青天夜夜心，夜夜心啊」

刊載一九七四年一月十五日《創世紀》三十六期

聞半屏山將崩有感

吾們曾經是芳鄰，每天早晨盥洗時，吾總是向你拍拍胸伸展手臂高呼：「老兄早乎？」那時太陽就在你的頭上，你吾又都是剪著平頭的，且看起也都是一樣高的兩座山。

自然你頭上的樹比我頭上的多，而且還有老鷹在你頭上盤旋，不過這都屬無關緊要的，因為吾的頭也曾有落花盤旋，而且吾還可以站在你的鼻梁上用樹枝通你的鼻孔打噴嚏。

半屏山老兄，吾也曾經想把你的頭雕刻成一個陶淵明，或者蘇軾（南山就在你身邊，爾後何必再悠然）。

吾也曾經建議，請爾等不要拿半屏山做水泥。說得定，那樣半屏山可以蓋出很多房子，把半屏山的骨頭和肉分散的普天之下皆是。

但那總不是半屏山，那是水泥！

如同一棵桃花心木，製成最好的家具，家具總不是一棵有鳥窩的桃花心木。

雖然水泥可以蓋成大樓，但那總不是有花樹有鳥有泉的活潑潑的半屏山！水泥不如山好看，而且總沒有老鷹在大樓的頭上盤旋！

可是報上說你的頭將要完蛋！

說得定，再住幾年看不見你這個半屏山。

說得定，我們的兒女們壓根兒就會不知道有這麼一座有花有樹有鳥有泉的半屏山！

不過，沒有你半屏山吾一樣可以活下去。

不過，做水泥也是挺他媽的重要的事。

刊載一九七六年三月九日《聯合報》

初春之楓與那個曬太陽的漢子

而這是個早晨。這是個星期三。這又是個初春

而你就是在中山北路路邊上那張長條的椅子上用帽子蓋著你的臉，曬那個太陽

而你的背後，就是西北航空公司畫著飛機的廣告牌子，而你面前就是那些螃蟹般的車子。就是不知被那個畫家畫在每個人背上的那張「疲倦」

早晨他出去找。晚上他找回來

明天早晨他再出去找。明天晚上他再找回來

呵呵、他滿臉的蒼蠅

而那個曬太陽的漢子，卻看都不看他們一眼，依舊曬他那個太陽
他帽子底下蓋著的到底是一張什麼樣的臉

而這是個初春。這是個星期三。這是個早晨

而就在這個早晨，馬路旁邊那幾株楓樹枯寒的手上突然的都燃燒起一
簇簇綠色的火
有的人看見
有的人被燒著
有的人在唱歌
而那個曬太陽的漢子，根本就不在乎看見與不看見
他帽子底下蓋著的到底是他媽的一張什麼樣的
臉！

刊載一九六九年一月《創世紀》詩刊二十九期

男女婚姻有別

- 女人認為結婚是三千寵愛集一身，從此只愛奴一個。
- 男人認為結婚只是先娶個正宮娘娘再說。
- 女人認為結婚是愛情的開始，從此只有我倆在愛河裡洗澡。
- 男人認為結婚只是西線已無戰事，部隊準備東遷。
- 女人認為結婚是一場狩獵的勝利。
- 男人認為結婚只是狩獵後的疲憊。
- 女人認為結婚是找一個麵包裡可以夾愛情的對象。
- 男人認為結婚只是省得自己吃冷麵包而已。
- 女人認為結婚是喜得如意郎君。
- 男人認為結婚只是討了一個老婆。

• 女人認為結婚是她事業的完成。
• 男人認為結婚只是事業的開始。好的在後邊。
• 女人認為結婚是可以大方的與一個男人親親熱熱。
• 男人認為結婚只是找了一個自做多情的女人。
• 女人認為結婚是夜裡怕鬼可以偎在他胸前喊怕！
• 男人認為結婚只是找來一個裝腔作勢的女人。
• 女人認為結婚是成敗在此一舉，一失足會千古長恨。
• 男人認為結婚只是牛刀小試，偷襲珍珠港的大手筆還在後頭呢。

刊載一九八一年十二月十七日《聯合報》

一張笑著的大綠臉和一樹紅牙齒

一九八二年二月十三日七句鐘差一隻玉蘭花那麼多的時間。
吾一開黃門，望見一張小小綠臉在差不多有三根紫藤蔓那麼遠的地方
朝著吾微笑。
臉上還張貼著四五張銀灰色有薄荷香的晨霧。
那張小小綠臉在空中飄著。吾沒有理他。吾要去蒐集鳥聲。要不老闆
會叫吾滾蛋。
一九八二年三月初七日七句鐘已經過了一隻麻雀翅子那麼遠的時候。
吾一開紫門，迎面就看見有三張綠臉在遠處路旁幾棵樟樹身邊的空中
走著向吾微笑。
空中走著三張一年級那麼大的綠臉！

臉上除了貼了幾張銀灰的霧，還貼了一片陽光的金鎖片。

若不是向我笑，我倒真會被這種綠臉嚇倒。我不理他們。雖然他們三張綠臉跟著吾跑，吾跑到一個白頭翁鳥窩去睡回籠覺。調查一下這一家白頭翁去年生了幾個孩子，有沒有超過鳥類的家庭計畫。

那三張貼著銀灰霧的有薄荷香的綠臉在吾頭頂上走來走去綠吾。吾不理他們。

一九八二年四月十九日晨廿六句鐘差三棵紫藤那麼遠的時候。

吾一開藍門，迎面就撞進了一張笑著的大綠臉，他竟敢碰了吾一臉綠，還有一些銀灰薄荷香，吾擦都擦不掉的綠。

抬頭一看左面是一張張大綠臉，右面是一張張大綠臉，前面是一張張大綠臉，後面是一張張大綠臉。

四面八方成千上萬的一張張大綠臉向吾微笑，笑得滿空中都是綠色聲音！

吾照著鏡子擦不去吾被碰的一臉綠。女兒幫我擦也擦不去，他們說：

「他們竟然有一個有一張笑著的大綠臉老爸，真好玩。」
吾在成千上萬的綠臉中往前跑，綠臉們也往前跑，我在萬張綠臉中奔跑、飛飄！
吾一臉撞進了一樹的紅牙齒。一樹的紅牙齒把吾咬的哇哇大叫。
而且還弄壞了幾顆紅牙齒掉下來。
孩子們就揀起紅牙齒插在頭髮上笑。

刊載一九八二年六月三日《台灣日報》

荒蕪的聲音

「吾可以不去喜厭那一群的荒蕪的草嗎？」

「吾可以不去喜歡那一群奔向荒蕪的草嗎？」

「當然可以！」

一個聲音回答。

「當然也不可以！」

另一個聲音回答。

他站在那一群奔向荒蕪的草前面，在尋找那兩個回答的聲音。

「他們在哪裡？」

「告訴我，你是誰？」

「你是誰！」

「為什為躲著我？」

他並沒找到那兩筒聲音，也沒有誰回答他是誰。

但那一大群奔向荒蕪的草卻棄他而去了。那一群奔向荒蕪的草卻棄他而去了。

他還在找那兩個聲音，那兩個回答他的聲音。

「你們是誰！」

「你們在哪裡？」

「為什麼躲著我！」

他在等那兩個回答他的聲音，他在等那兩個回答他的聲音。

一直在等那兩個回答他的聲音。

他慢慢的「等」得自己成了一株樹？還是沒有等到那兩個回答他的聲音。

他終於「等」得他這棵樹變成了岩石，還是沒有等到他要等的那兩個聲音。

不過在群山之中有一個回聲，在不斷的回響著。

「你們是誰！你們是誰！你們是誰！你們是誰！你們是誰！你們是誰！你們是誰！你們是誰！你們是誰！你們是誰！你們是誰！你們是誰！你們是誰！你們是誰！」

你們是誰？

據說，這些回聲，是從他那塊石岩的口中說出來的！

「那麼你們是誰呢？」

「是雲中之花」

「是雪中之暖」

「是火中之語」

「是水中之翅」

「是花中之愁」

「是風中之髮」

「是石中之虫」

燙一首詩
送嘴，趁熱

「是雨中之骨」
「是樹中之屍」
「是劍中之柔」
「是愛中之繩」
「是書中之毒」
「是淚中之苦」
「是草中之笛」
「是山中之聲」
「那麼你們是誰呢？」那塊石頭張著嘴這麼問著！
「那麼你們是誰呢？」
「吾們是蟋蟀！」蟋蟀說。

刊載一九七八年十月十七日《民族晚報》

娘的寶貝蛋蛋

乖，娘的寶貝蛋蛋
乖乖的躺在娘的懷裡
讓娘來好好的餵你
把你餵的飽又飽，
躺在娘的懷裡睡覺覺
噢！乖寶寶，別吵，
讓娘給你吹吹，別急
吹涼了再餵你，
這麼熱，
燙著娘的寶貝蛋怎麼辦

燙一首詩
送嘴，趁熱

乖，娘的寶寶
馬上就會吹好，別急寶寶，
只要你肯吃
娘的肉都捨得給你誰叫你是娘的乖寶寶
誰叫你是娘的心肝肉兒
乖，娘的寶貝蛋蛋
乖乖的躺在娘的懷裡
讓娘把飯吹冷了餵你
只要你想吃
娘什麼都捨得給你吃
誰叫你是娘的寶貝兒子
誰叫你是娘的命根子

刊載一九七九年五月七日

秋冬之間那隻鷺鷥

那隻鷺鷥
他雙足拖著一輪將墜的紅日
順著蘆蒿滿岸的沙河低飛而去
但那輪紅日還是掙斷繫在鷺鷥腳上的繩索
掉到一棵樟樹上的一個白頭翁的鳥窩裡去了

可是一個騎單車的男孩卻說
一個紅蛋
跌碎在長著一株牽牛花的
鵝卵石堆裡

燙一首詩
送嘴，趁熱

捽得碎碎的

請問
月亮是否可以調升
為太陽或者是調升
一顆星星
去當太陽

刊載一九七九年十二月二十六日《民眾日報》

山野

坐在一塊石頭上抽菸的那漢子
一低頭就摘到一朵野花
插在帽子上

一隻鷺鷥
站在樹上把這件事
記在日記上

並且還記上一筆
他把一條螞蟻大道
弄成塌方

刊載一九七九年八月十七日《聯合報》

燙一首詩
送嘴，趁熱

雪

是雪在敲門
開門看時
原來是他
正摟著深可及膝的雪
在溫柔

他說

因為擁之入帳
伊必將化為淚

一九八〇年三月二十六日邋遢齋

刊載一九八〇年三月《創世紀》五十一期

小鎮恨事

吾知道
吾已經來遲了

黃昏時
吾悄悄走進小鎮那條老街
不知怎的，這顆久久已被關鎖的心
却依舊如同久別歸來的遊子
鼕鼕如敲門聲

明明知道已經遲了

燙一首詩
送嘴，趁熱

為什麼總想來看看呢

依舊早早就聞到
那股子沉沉的藥香了，可不
老店依舊開著
門邊依舊擺著那裝苦茶的紫罈子
（當年我是喝了不少碗的
倒不是全為了治病
說是為了治病也未不可）
牆上站著的鐘馗像越發舊了
好像鬍子也長長了一點。

這就進去吧
不是總得進去麼

「先生？你要買藥嗎？」
（這聲音依舊是十年前的容顏）
（怎麼十年前，我們互傳的魚雁？
雖然，余不辭而別，可是，
有王命在身，邊界烽火，
難道？）
「我要買一些信做藥引。」
「先生，這些放了十年以上的老信
恐怕藥力單薄了，你說呢？」
「大嫂！
那麼我就飲一杯苦茶好了」
「這倒是剛剛煎好的
藥力足！」

燙一首詩
送嘴，趁熱

早知道不該來的，
來了，
還得喝一杯苦茶再走！
早知道不該來的。

註：詩楊梅老街一家中藥店

刊載一九八〇年十二月《創世紀》五十四期

瓶子和罐子

那傢伙
他收集了很多瓶子
放在家裡

漸漸
他家裡
到處都是
瓶子和罐子
他就睡在很多

燙一首詩
送嘴，趁熱

瓶子和罐子裡
讓很多瓶子和罐子
陪著他生活

有一天
他發覺
他可以不要房子
他可以
住在用瓶子罐子
築成的房子裡

於是
他找了一個大瓶子
鑽了進去

他住進一個大瓶子裡
讓成千上萬的瓶子罐子
陪著他

直到有一天
他住的大瓶子
蓋上了一個蓋子
那傢伙
才安心的睡著了

不過
他睡著的時候
瓶被送進了玻璃廠
溶化成了

燙一首詩
送嘴，趁熱

一堆玻璃

他怎麼也不敢相信
他也會變成
一隻新出廠的瓶子

這是另一件事

刊載一九八一年十二月《創世紀》五十七期

致詩人

昨夜夢中給你寫了一首詩
醒來時，只記得的是：
「那一樹的髮是月的霜白
松的蒼青
因此，那瘦金體的身子便是
一株挺立於黃山的孤松了」

今夏您自海外歸來的臉色
跟去夏歸來時不同
雖然依舊是一張花崗石的臉

但去夏看到的臉上是滿岩石的野菊花
而今夏那張花崗石的臉
雖野菊依舊
卻帶著幾經風霜所磨的動人的雕痕了

吾這才知道
你不僅是一株孤松
且是一株矗立於
雪中的
孤松呵

後記

民國六十八年夏，詩人余光中先生自海外歸來，一日在太陽飯店相聚談詩，談笑間，很感動他在海外孤軍奮鬪有所不為之風骨。當時心裡就想給他寫首詩，誰知當天夜裡真的在夢中寫了詩，現在湊成一首，表達一點敬佩之意，是為記。

刊載一九八二年六月《創世紀》五十八期

INK PUBLISHING

文學叢書 595

燙一首詩送嘴，趁熱
管管百分百詩選

作　　者　管　管
總 編 輯　初安民
責任編輯　陳健瑜
美術編輯　林麗華
校　　對　陳健瑜　管 管

發 行 人　張書銘
出　　版　INK 印刻文學生活雜誌出版股份有限公司
新北市中和區建一路 249 號 8 樓
電話：02-22281626
傳真：02-22281598
e-mail：ink.book@msa.hinet.net
網　　址　舒讀網 http：//www.inksudu.com.tw

法律顧問　巨鼎博達法律事務所
施竣中律師
總 代 理　成陽出版股份有限公司
電話：03-3589000（代表號）
傳真：03-3556521
郵政劃撥　19785090　印刻文學生活雜誌出版股份有限公司
印　　刷　海王印刷事業股份有限公司

港澳總經銷　泛華發行代理有限公司
地　　址　香港新界將軍澳工業邨駿昌街 7 號 2 樓
電　　話　(852) 2798 2220
傳　　真　(852) 3181 3973
網　　址　www.gccd.com.hk

出版日期　2019 年 5 月　初版
出版日期　2021 年 5 月　紀念版（限量 300 冊）
ISBN　978-986-387-291-7

定　價　350 元

Copyright © 2019 by Kuankuan
Published by INK Literary Monthly Publishing Co., Ltd.
All Rights Reserved
Printed in Taiwan

國家圖書館出版品預行編目資料

燙一首詩送嘴，趁熱 管管百分百詩選 / 管管 著；
--初版，--新北市： INK印刻文學，
2019.05　面；　公分（文學叢書；595）
ISBN 978-986-387-291-7（平裝）
851.486　　108006203

版權所有・翻印必究
本書如有破損、缺頁或裝訂錯誤，請寄回本社更換